Deseo

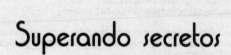

Superando secretos

Emilie Rose

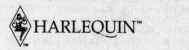

HARLEQUIN™

Editado por HARLEQUIN IBÉRICA, S.A.
Núñez de Balboa, 56
28001 Madrid

I.S.B.N.: 978-84-671-6871-6
Depósito legal: B-2009-2009
Editor responsable: Luis Pugni
Preimpresión y fotomecánica: M.T. Color & Diseño, S.L.
C/. Colquide, 6 portal 2 - 3º H. 28230 Las Rozas (Madrid)
Impresión y encuadernación: LITOGRAFÍA ROSÉS, S.A.
C/. Energía, 11. 08850 Gavá (Barcelona)
Fecha impresion para Argentina: 31.8.09
Distribuidor exclusivo para España: LOGISTA
Distribuidor para México: CODIPLYRSA
Distribuidores para Argentina: interior, BERTRAN, S.A.C. Vélez
Sársfield, 1950. Cap. Fed./ Buenos Aires y Gran Buenos Aires,
VACCARO SÁNCHEZ y Cía, S.A.
Distribuidor para Chile: DISTRIBUIDORA ALFA, S.A.

Capítulo Uno

–Ése no te traerá más que problemas. Por favor, elige a otro soltero.

Andrea Montgomery tenía el estómago encogido por la ansiedad y por la excitación. Dio un trago a su copa de champán y apretó la mano de su mejor amiga.

–Holly, no puedo. Sabes que tengo que hacerlo.

–Es un error –insistió Holly–. ¿Recuerdas lo destrozada que te quedaste cuando se fue?

Como si Andrea pudiera olvidar el dolor que sintió entonces.

–Eso es agua pasada. Ahora lo he superado del todo –afirmó Andrea. ¿Cómo no iba a haber superado que un hombre hubiera salido con ella durante años y luego la hubiera dejado sin dar explicación?

Andrea miró hacia abajo, posando los ojos en el ligero vestido de seda que sus amigas le habían elegido para la ocasión. El escote de pico le llegaba casi hasta el ombligo y la falda era larga hasta los tobillos, con una abertura que dejaba al descubierto todo el largo de su pierna.

–¿En qué estabais pensando Juliana y tú cuando elegisteis este vestido? Me gusta llevar ropa sexy, pero ¿no podíais haber buscado algo más sutil?

–Cuando se trata del juego de la seducción, tienes que sacar todas tus armas. Planeas tener a Clayton Dean de rodillas. Juliana y yo pensamos que debías vestirte como una mujer fatal.

–Me habéis malentendido. Una mujer fatal seduce al hombre en cuestión. Yo no tengo intención de volver a la cama con Clayton. ¿Cuántas veces tengo que decíroslo? No me propongo vengarme. Sólo quiero demostrarle que no le guardo resentimiento.

–Ajá –repuso Holly con escepticismo.

–De acuerdo, no me importaría que él sufriera un poco. Pero eso es todo. No pienso entregarle mi corazón de nuevo.

–Por eso no voy a dejar de repetirte que esto no es buena idea hasta que lo comprendas.

–Holly, ya he pasado por la humillación de que Clayton me dejara en una ocasión. Mis compañeros de trabajo sintieron mucha lástima por mí la primera vez. Y según la señora Dean, Clay se quedará en Wilmington sólo hasta que su padre esté mejor. Entonces, volverá a Florida. Prometo no olvidar que esto es temporal.

–Intentas justificar algo que no es buena idea, señorita directora de marketing.

–Déjalo. Recuerda que no se trata sólo de mí. Sin Clay, la empresa tendrá que cerrar sus puertas, dejándonos a mí y a otros mil empleados sin trabajo. Joseph Dean ha sido como un segundo padre para mí. He estado preocupada por su salud desde que tuvo el infarto hace tres días. Clay y él necesitan arreglar las cosas antes de que sea demasiado tarde –señaló Andrea.

–¿Y si padre e hijo hacen las paces y Clay vuelve al hogar? Será tu jefe. ¿Te seguirá gustando tu trabajo entonces? –puntualizó Holly.

Andrea frunció el ceño. Era una buena observación. Maldición.

–Necesito seguir con mi vida. Y no puedo hacerlo hasta que no supere el pasado. Soy una perdedora, Holly. Y tengo que romper el hábito y, para hacerlo, necesito saber qué tengo de malo para que Clay y todos los tipos con los que he salido en los últimos ocho años me dejen justo cuando empiezo a creer que la cosa puede ir en serio.

–Me dan ganas de abofetearte. ¿Cuántas veces tengo que decirte que no tienes nada de malo?

–Eso dices tú.

Holly desvió su atención a algo que había detrás de Andrea.

–Espero que de veras lo hayas superado, porque Clay tiene muy buen aspecto. Muy, muy bueno.

Andrea se atragantó con su champán. Siguió la mirada de Holly hasta la otra punta de la sala y se quedó sin habla.

Clay tenía buen aspecto. De hecho, estaba increíble. Maldito. Lo último que ella necesitaba era encontrarlo atractivo.

Tenía los hombros más anchos de lo que Andrea recordaba y su esmoquin resaltaba músculos que antes, con veintitrés años, él no había tenido. Esbozó una sonrisa nostálgica. Quizá Clay pareciera más sofisticado, pero aún no había aprendido a domesticar su rebelde pelo castaño. Sus mechones rizados tenían un aspecto tan desarreglado como cuando ella le había acariciado al hacer el a…

Andrea detuvo en seco sus pensamientos. No necesitaba recorrer ese callejón sin salida de nuevo.

–Superar el pasado merece hasta el último penique que voy a pujar por el soltero número trece esta noche.

–Si tú lo dices… –replicó Holly con tono de duda–. Sabíamos que podríamos comenzar a disfrutar de nuestra herencia algún día, pero no creo que nuestros abuelitos tuvieran la intención de que la gastáramos en comprar hombres, aunque sea por una causa benéfica. Juliana ha soltado un buen dinero por su rebelde.

Juliana había sido la primera del trío de amigas en comprar a su hombre. Andrea esperaba que su amiga fuera capaz de manejar al rebelde soltero, ciclista y dueño de un bar.

–Espero que le salga bien.

–Yo también. Espero que ninguna de nosotras tenga que lamentar la locura de esta noche.

–Holly, llegamos a un acuerdo…

–No, Juliana y tú llegasteis a un acuerdo. Yo crucé los dedos pero, para mal o para bien, estoy con vosotras.

La subasta se reanudó con un martillazo del presentador. El soltero número doce dejó el escenario y las mujeres del público se volvieron locas de excitación mientras esperaban al siguiente. El presentador anunció al siguiente soltero.

Su soltero. Clayton Dean. Andrea había hablado mucho con sus amigas sobre lo fácil que sería confrontarse con el hombre que le había roto el corazón y la autoestima hacía ocho años. Pero le temblaban las piernas y las entrañas. Ella había amado a Clay, había pensado en casarse con él, tener hijos con él y dirigir la compañía de Yates Dean a su lado.

¿Y si el plan no le salía bien?

Andrea se enderezó en su asiento. Sí saldría bien, se dijo. Tenía treinta años y era más que madura para lidiar con un antiguo amor sin quedar como una tonta. Además, había pensado en cada detalle, igual que hubiera hecho en una gran campaña de marketing.

Comprarlo significaba obligarle a que le diera siete citas. Siete oportunidades para impresionarlo con su nueva pericia en el negocio, tentarlo pero manteniendo las distancias, preguntarle por qué la dejó como lo hizo y sacárselo de la cabeza.

Las mujeres que la rodeaban gritaron como locas cuando vieron salir a Clay al escenario. ¿Quién no iba a querer siete citas con un atractivo arquitecto naval y prestigioso diseñador de yates?

–¿Estás segura de que podrás sobrevivir a siete seductoras citas con Clay? –le preguntó Holly.

–Claro –repuso Andrea, y se dio cuenta de que le temblaban las manos.

Entonces, Andrea levantó su paleta e hizo la primera puja por su antiguo amante, el hombre que pronto se convertiría en su jefe.

Clay miró a su madre desde el escenario. Su madre podía haberle advertido sobre la subasta benéfica, pero no, ella lo había inscrito en el programa con su foto, sin avisarle, y lo había arrastrado al punto en que se encontraba en ese momento.

Clay no quería estar allí, ni en su pueblo natal ni en ese escenario, siendo subastado como un viejo yate. Había demasiados trapos sucios, demasiadas mentiras, demasiadas promesas rotas.

Las mujeres del público le gritaban cosas, pero él no estaba dispuesto a quitarse nada de ropa para complacer a la audiencia. Si los demás solteros querían actuar como tontos, le parecía bien, pero él no lo haría. Tener que salir con una boba dama de la alta sociedad era más que cumplir con su deber.

Clay se quedó bajo las luces de los focos tieso como un palo. Mirando a las histéricas mujeres, les ordenó mentalmente que no se atrevieran a comprarlo.

Entonces, vio a Andrea entre la multitud. Se quedó sin aire en los pulmones y se le encogió el estómago. Maldición. ¿Qué estaba haciendo ella allí? Había creído tener hasta el lunes de plazo para verla de nuevo.

Los focos se centraron en el escenario, cegándolo. La puja subió, mucho más que con los dos solteros anteriores. El presentador golpeó el podio con su martillo de subastas.

–¡Vendido! –gritó el presentador–. Venga a recoger su premio, número doscientos veintiuno.

Bien. Al fin había terminado, se dijo Clay. Al menos, la primera parte de la tortura. Contento, bajó del escenario y allí vio a Andrea entregando un cheque a la mujer que cobraba las pujas. Se quedó conmocionado.

¡Andrea lo había comprado!

Clay miró su pelo rubio ondulado y sus ojos color caramelo, una milésima de segundo antes de que su vestido negro lo dejara impactado. Sus pálidos pechos estaban a punto de salírsele por el borde del escote y una larga raja en su falda dejaba al descubierto una de sus largas piernas, de aspecto suave como el satén. Se quedó boquiabierto. Ardiendo.

Andrea comenzó a caminar hacia Clay, sonriendo con una seguridad que él no recordaba en ella.

–Hola, Clay. ¿Te parece si buscamos un rincón tranquilo y organizamos las citas?

–Esperen –gritó una mujer afroamericana de unos treinta años. A su lado, un hombre pálido sujetaba una cámara de fotos. La mujer les pidió que posaran–. Abrácense, por favor, y sonrían.

Clay apretó los dientes, forzando una sonrisa, y rodeó a Andrea con un brazo. Con la palma de la mano tocó la piel desnuda de ella. Maldición. El vestido también dejaba al descubierto la espalda. El calor corporal de su compradora lo atravesó. Un fuego incontrolable se prendió en su interior. Un fuego que debía extinguir. En ese instante.

Andrea soltó un grito sofocado y casi se le salieron los pechos por el escote. Clay no pudo evitarlo.

Miró la cremosa piel de ella. Y la cámara disparó. Diablos. Lo capturaron mirando. Antes de darle tiempo a pedirle al fotógrafo que hiciera otro disparo, ella se apartó, se dio media vuelta y comenzó a alejarse con un movimiento de caderas capaz de volver loco a cualquiera.

Vaya. Aquélla no era la misma mujer que él había dejado atrás. La Andrea que él había conocido nunca se había puesto un vestido con todas las garantías de hacer que un hombre olvidara hasta su propio nombre.

Clay siguió a Andrea hacia la puerta. Después del modo en que la había dejado, esperaba que ella quisiera verlo muerto. ¿Por qué había aparecido para rescatarlo esa noche?, se preguntó.

—¿A qué estás jugando, Andrea? —dijo Clay.

A Andrea, su voz le sonó familiar, pero reconoció un toque áspero que ella no recordaba.

A pesar de dos semanas de planificación, Andrea no estaba lista para esa confrontación. Se detuvo al final de uno de los muelles que había sobre el río Cape Fear y se giró.

Las luces del club brillaban detrás de Clay, dejando su rostro en la penumbra. Sus mejillas y mandíbula parecían más definidas que hacía ocho años.

—No tengo tiempo para juegos, Clay.

—¿Entonces de qué se trata? —preguntó él, y señaló hacia el club—. ¿Una visita al baúl de los recuerdos?

—¿Acaso no puede una mujer rescatar a un viejo amigo de las masas hambrientas sin recibir quejas?

–Viejos amigos. ¿Eso somos?

–Eso espero –mintió ella.

–¿Así que esto es una especie de sacrificio por tu parte?

Su sarcasmo hizo que Andrea se sonrojara y le hizo acordarse de que, cuando él la había dejado, ella no había sido más que una princesita mimada. Pero eso había cambiado. Había aprendido que no debía dar nada por hecho. Ni la felicidad, ni las promesas ni a los seres queridos.

–¿Tienes algún problema con eso?

–No sabes mentir. Te tiembla la voz. Vamos, Andrea, suéltalo. ¿Por qué estamos aquí?

Andrea se maldijo a sí misma por su nerviosismo y se aclaró la garganta.

–Tenemos que trabajar juntos. Así que cualquier cosa que te haga la vida más fácil me conviene. Salvarte de eso –indicó ella, mirando hacia el club–, me pareció un gesto amable.

–¿Ahora dices que es por el trabajo?

Era obvio que él no se estaba tragando su historia, se dijo Andrea. No podía culparle por ello. Apretó los labios y suspiró resignada. Las cosas no estaban saliendo como había planeado. Había esperado que él se mostrara agradecido, no lleno de sospechas.

–Necesito saber que puedo contar contigo para que no te vayas antes de que Joseph esté bien otra vez.

–Tengo mi propia empresa que dirigir –repuso él–. Me quedaré hasta que encuentre a un director interino y luego me iré.

–No pueden dejar Yates Dean en manos de un extraño. Tu padre…

–Mi padre no tiene nada que decir –le interrumpió él.

–Los doctores esperan que Joseph se recupere al ochenta o noventa por ciento de su infarto. Sus facultades mentales están intactas, pero su vitalidad no es como era. Sólo accedió a no venir a trabajar mientras se recupera porque sabe que estás aquí.

Una balsámica brisa de verano despeinó a Andrea y casi le dejó los pechos al descubierto. Clay miró hacia su escote. A ella se le endurecieron los pezones y sintió el despertar del deseo.

–No he pedido que me pongas al día –dijo Clay.

¿Le gustaría a él lo que veía?, se preguntó Andrea. ¿Habría lamentado por un segundo haberla dejado? ¿Habría pensado en ella durante todos esos años?

–Deberías haberme preguntado por él. Es tu padre. Dentro de un par de meses, volverá a trabajar, a menos que le metas prisa y acabe poniendo en peligro su salud. Dale tiempo a que se cure, Clay.

Clay se metió las manos en los bolsillos y se dio la vuelta, dándole la espalda.

«Pregúntale por qué te dejó», se dijo Andrea. Pero no pudo. Todavía, no. Porque no estaba segura de estar preparada para escuchar la respuesta. ¿Qué pasaría si Clay le decía algo horrible y luego tenía que encontrarse cara a cara con él todos los días en el trabajo? Pero conseguiría sacarle la información antes de que él se fuera.

Andrea se acercó a Clay y se vio envuelta en la esencia a especias y a limón de la colonia de él. Los recuerdos la poseyeron. Recuerdos de una noche muy parecida a aquélla. La noche de su graduación en el instituto. La pequeña cabina del velero de Clay. Hacer el amor por primera vez. Descubrir el cuerpo de él mientras él descubría el suyo.

Andrea se obligó a detener sus pensamientos. De acuerdo, Clay aún le parecía atractivo. Pero la había lastimado demasiado como para volver a confiar en él.

—Yates Dean tiene un montón de pedidos pendientes. Tendrás que involucrarte a fondo para cumplir con nuestro plan de producción. Tu padre te contará todo lo que necesitas para mantener la empresa a flote.

—No necesito su ayuda —repuso él, apretando la mandíbula.

Andrea se mordió el labio, intentando no dejarse vencer por la frustración. Hacer que los dos hombres hicieran las paces podía ser más difícil de lo que ella había anticipado.

—Puede que no la necesites, pero Joseph necesita que se la pidas. Está deprimido y conmocionado tras su encuentro con la muerte. Está deseando tenerte en casa.

Clay la miró a la cara. Andrea nunca lo había considerado una persona inflexible o implacable pero, en ese momento, su expresión decía otra cosa.

—Anclé mi barco en Yates Dean. Voy a dormir allí.

—Los de seguridad no me lo han notificado.

–Mi madre se encargó de arreglarlo antes de que yo llegara.

–Al menos irás a casa a ver a tu padre, ¿no?

–No.

–Clay, Joseph necesita a su familia.

–Es un poco tarde para que empiece a pensar en su familia –repuso él con amargura.

–¿Qué quieres decir? –preguntó ella y, ante el silencio de Clay, se sintió más irritada y frustrada. ¿Qué habría pasado hacía ocho años para que estuvieran tan enfadados?, se preguntó–. Nunca es demasiado tarde para decir lo siento.

–¿Es eso lo que quieres? ¿Una disculpa? –preguntó él, enojado.

Ella soltó un grito sofocado. Si una disculpa bastara para arreglar lo que él había hecho…

–No estaba hablando de mí. Me refería a Joseph y a ti. Es tu padre, Clay. Abre los ojos. Podías haberlo perdido. Aprovecha esta oportunidad para arreglar las cosas entre vosotros antes de que sea demasiado tarde.

–No sabes de qué estás hablando.

–Entonces, explícamelo –pidió ella, en parte esperando oír la respuesta, en parte temiéndola.

–No podrías soportarlo –replicó Clay.

–Ponme a prueba –dijo ella. Y dejó pasar un minuto. Y dos.

–Es cosa del pasado, Andrea. Olvídalo.

Ojalá pudiera olvidarlo, se dijo Andrea.

–Sólo en caso de que te interese, quiero que sepas que no pretendo retomar nuestra relación donde la

14

dejamos. Pero tenemos que trabajar juntos, Clay. Necesito que me apoyes delante del equipo.

–Te apoyaré. Mi madre dice que has llevado la compañía tú sola durante las últimas tres semanas.

–He hecho lo que he podido, pero tenemos más de mil empleados. Ha sido un esfuerzo común.

–¿Por qué no puedes seguir sin mí?

–Porque la gente espera que haya un Dean al frente de Yates Dean y necesitamos a alguien capaz de coordinar a todos los equipos involucrados en la producción. Yo no puedo hacer eso –señaló ella, y lo miró–. Sobre lo de las citas… Ni espero ni quiero que tengamos un romance, como prometen los anuncios de tu subasta.

–La subasta preparada por mi madre –puntualizó Clay–. Yo no tengo nada que ver. Ella lo planeó todo. Soy sólo una maldita marioneta.

–Es igual. Quiero que nos comportemos de modo civilizado y que demostremos al equipo de trabajo que no nos guardamos rencor. La reputación lo es todo en el negocio de los yates y no quiero que haya rumores de que hay tensiones dentro de la compañía o Dean perderá clientes. Si tienes algún problema conmigo o con mi trabajo, espero que lo ocultes hasta que podamos hablar a solas.

–Lo siento si te lastimé. Si pudiéramos volver al pasado… –dijo él, apretando la mandíbula.

–¿Te habrías ido de todos modos? –preguntó ella.

Clay miró al mar. Dejó pasar diez segundos antes de tomar aliento.

–Sí.

Andrea consiguió mantener la compostura ante la contundencia de su respuesta. Igual, Clay ignoraba lo mucho que la había lastimado y humillado hacía ocho años. Pero nunca volvería a darle el poder de hacerlo de nuevo.

–Es todo lo que quería saber. Te veré el lunes, Clay.

Capítulo Dos

Clay sintió que regresar a Yates Dean era como volver a casa. Pero él ya no tenía hogar al que volver.

Desde la puerta de entrada, se giró para verlo todo. Había una serie de edificios metálicos de diversas formas y tamaños, distribuidos a lo largo de la orilla del río. Cada edificio albergaba una fase de producción y él había trabajado en cada uno de ellos.

Había varios muelles en la orilla del río. En ellos, había yates casi terminados. A menos de que las cosas hubieran cambiado en ocho años, el muelle que había justo detrás de la oficina de ventas estaba reservado para los veleros acabados y en espera de ser entregados. El suyo y otro más ocupaban ese espacio.

Clay recorrió el lugar con la mirada una vez más y la tristeza se apoderó de él. En el pasado, se había enorgullecido de pensar que todo aquello sería suyo algún día. Pero había renunciado a todo cuando había decidido huir de la verdad.

Intentando librarse de los recuerdos y de la rabia que le producían, abrió la puerta y entró en la recepción. Todo parecía cambiado. Lo que en su día había sido una recepción poco iluminada y sencilla tenía un aspecto lujoso y lleno de clase.

La luz del sol entraba a raudales por las ventanas, reflejándose en un elegante suelo de teca. Una mesa de recepción con forma curvada había reemplazado el viejo escritorio de metal y, detrás de ella, una gran pared de cristal separaba la entrada de la zona de despachos.

La joven recepcionista lo miró y le dedicó una sonrisa de anuncio de dentífrico.

–Buenos días, señor. ¿Puedo ayudarle?

–Soy Clayton Dean.

–Un momento, por favor. Avisaré a la señorita Montgomery de que ha llegado usted. Puede tomar asiento mientras espera –indicó la joven, señalando hacia unos sofás de cuero nuevos.

–No es necesario. Iré a buscarla.

La recepcionista se levantó de su asiento a toda velocidad y le bloqueó el paso.

–Lo siento, señor Dean, tendrá que esperar hasta que la señorita Montgomery lo autorice.

–¿Qué? ¿Autorizarlo?

–Necesitará un pase de seguridad –informó ella, y apretó un botón de los auriculares, casi invisibles, que llevaba puestos–. El señor Clayton ha llegado.

¿Qué había sucedido? Cuando Clay se había ido hacía ocho años, no había habido otra medida de seguridad que cerrar los edificios con llave por la noche. Aquella mañana, había encontrado cerrada la puerta trasera que daba a los muelles. Y el día anterior, había tenido un desagradable encontronazo con varios guardias de seguridad cuando había salido en su moto del barco. Los guardias habían llamado a su madre antes de dejarlo salir.

–Enseguida viene la señorita Montgomery, señor Dean –informó la recepcionista, sonriendo de nuevo.

Algo se movió detrás de la pared de cristal, captando su atención. Andrea se acercaba a él con un traje de chaqueta ajustado de color verde, tan profesional como sexy había sido el vestido del día anterior. La sofisticada mujer que tenía delante no se parecía en nada a la joven insegura que había dejado atrás.

–Gracias, Eva. Yo me encargo –dijo Andrea a la recepcionista–. Buenos días, Clay. Por favor, ven conmigo.

Andrea comenzó a caminar hacia los despachos antes de que Clay tuviera tiempo de responder. De forma automática, él posó la mirada en las caderas de ella y la siguió por el pasillo. Andrea siempre había tenido unos andares muy provocativos. Su perfume era muy sensual. No era el dulce aroma a flores que recordaba. Era una fragancia especiada y tentadora.

Clay maldijo para sus adentros. No tenía ninguna intención de revivir la llama del pasado. No podía quedarse en Wilmington y enfrentarse a la mentira que seguía erosionando su alma a diario.

¿Habría mantenido su padre su palabra? Clay no podía preguntárselo en persona y dudaba obtener una respuesta sincera si lo hiciera. ¿Cómo podía volver a confiar en su padre? ¿Cómo podía confiar en sí mismo siendo hijo de quien era?

Sus músculos se tensaron cuando se acercó al despacho de su padre. Luchó por controlar los sentimientos que lo asediaban y se detuvo en medio del pasillo.

La última vez que había hecho el mismo recorrido, había ido a pedirle a su padre que lo acompañara a comprar el anillo de boda de Andrea. Entonces, había abierto la puerta del despacho de su padre sin llamar y su mundo se había venido abajo.

Clay se forzó a centrarse en el presente. Cada pieza del viejo despacho, incluido el sofá donde había sorprendido a su padre teniendo sexo con la madre de Andrea, había sido reemplazada por muebles de aspecto caro.

—¿A qué viene tanta seguridad? —le preguntó Clay tras un momento.

—Estamos protegiendo nuestros productos. Nuestros yates más baratos cuestan un millón de dólares. La mayoría de los modelos que construimos exceden esa cifra. No podemos arriesgarnos a sufrir robos o ataques vandálicos —respondió ella, y le tendió unas hojas—. Necesito que leas y firmes estos papeles.

—¿Qué es esto? —preguntó él tras leer algunos párrafos.

—Una cláusula de no competencia. Nada de lo que veas y aprendas aquí podrá ser usado para competir con los diseños de Yates Dean.

—¿Estás de broma?

—No. Eres un arquitecto naval con tu propia empresa de diseño, pero tienes aquí un empleo temporal. Necesitamos tomar precauciones para que nuestras ideas no sean pirateadas.

–Esperas que dirija esto, pero estos papeles dicen que no confías en mí –repuso él, intentando controlar su enfado.

–Es cuestión de negocios, Clay. Los sentimientos no tienen nada que ver.

–¿Ha sido idea de mi padre? –quiso saber Clay.

–No. Ha sido idea mía –repuso Andrea con mirada desafiante.

Aquello aplacó la rabia de Clay. No tenía motivos para quejarse. Se había ganado a pulso la desconfianza de Andrea. Ojeó las páginas, firmó en la línea del final y se las pasó a ella.

–He dejado el informe de pedidos y un paquete de información para ponerte al día. Necesitarás familiarizarte con nuestros clientes actuales, pues se les permite pasarse por aquí en cualquier momento para comprobar en qué estado está su yate. Te sugiero que eches un vistazo a esos documentos hasta que Fran, tu secretaria, llegue. Llega a las nueve. Su despacho está aquí –indicó ella.

Andrea actuaba como una azafata, señalando aquí y allí, evitando el contacto visual. Pero Clay percibió que le temblaban un poco las manos al sujetar los papeles. Sintió cierto arrepentimiento. En otros tiempos, habían estado muy cómodos juntos, como amantes.

–Cuando Fran llegue, te hará tu tarjeta de identificación para seguridad. Tendrás que mostrarla para acceder a las áreas restringidas y al pasar por la entrada. Tenemos que hacer una entrega mañana y otra la semana que viene. Fran te pondrá al día. Te he preparado una visita a la zona de producción para las tres de la tarde. Mi despacho está donde siempre, por si me necesitas.

–Andrea. No voy a trabajar aquí. Mi despacho está fuera –dijo, y señaló a hacia la ventana, hacia el mar. El expatriado, uno de sus propios diseños, flotaba en el muelle.

–¿Esperas que yo vaya corriendo hasta el muelle cada vez que tenga que hablar contigo? –preguntó ella, levantando las cejas.

–También puedes llamarme al móvil –repuso Clay, y escribió su número en el reverso de su tarjeta de visita. Se la dio y sus dedos se rozaron. Sintió el contacto como una descarga eléctrica.

–Veré si los de mantenimiento pueden extender una línea de teléfono hasta tu barco.

–Dijiste que el nombre de mi secretaria era Fran. ¿Tu madre ya no trabaja aquí?

–No. Mi madre dejó el puesto hace año.

Bien, pensó Clay. Un fantasma menos al que enfrentarse.

Día uno. Andrea había conseguido superar con éxito seis horas de trabajo y le quedaban tres más, incluida la visita de Clay a las instalaciones, para terminar la jornada.

Mientras se dirigía hacia el muelle, al «despacho» de Clay, estudió las soberbias líneas del velero de pesca que él mismo había diseñado. Era bonito, se dijo.

Andrea solía guardar sus mejores trajes para las celebraciones en las que el equipo de Yates Dean festejaba, junto al cliente, la entrega de un nuevo yate. Ese día no había ninguna celebración, pero Andrea había tenido un ataque de vanidad, sabiendo que era el primer día de trabajo de Clay.

Antes de hacer el recorrido por las áreas de producción y de presentar a Clay a los diversos encargados, tendría que ponerse las botas de goma. No sería la primera vez que llevara botas de goma con un traje de diseño.

Vio a Clay a través de la puerta de cristal que daba a la cabina principal. Tenía el portátil sobre una mesa y estaba revisando un montón de folletos. Folletos que ella había diseñado.

Andrea sintió una combinación de orgullo y ansiedad. Yates Dean había recorrido un largo camino después de que Clay se hubiera ido y Andrea estaba orgullosa de haber ayudado en su evolución. Ella se había volcado en actualizar su página web, el área de recepción, los despachos y los folletos que Clay tenía en las manos.

Andrea llamó a la puerta y Clay levantó la vista. Al encontrarse con los ojos azules de él, se quedó un momento sin aliento. Maldición, se dijo ella. Debía controlarse.

Clay se levantó y se acercó. Andrea tuvo dificultades en ignorar lo bien que le sentaba aquella camiseta ajustada de manga corta, marcando un pecho musculoso y anchos hombros. Y la forma en que los pantalones resaltaban sus fuertes y largas piernas. No era justo que le siguiera pareciendo atractivo, después de todo el tiempo que había perdido sufriendo por él.

–¿Puedo pasar? Tenemos que hablar sobre la imagen que queremos darle a la periodista –dijo Andrea–. Soy consciente de que estamos en horario de trabajo y no deberíamos hablar de temas personales, pero tengo planes para esta noche.

–¿Qué periodista? –preguntó Clay, inquieto.

–¿No sabías que el periódico local va a hacer una crónica diaria de cada pareja salida de la subasta?

Clay se pasó una mano por el cabello despeinado y la dejó pasar. Ella cerró la puerta.

–No. Mi madre me lió para hacer esto. Pasé la tarde del sábado buscando un esmoquin y llegué al club minutos antes de tener que subir al escenario, demasiado tarde como para leer la letra pequeña del contrato. Mi madre no me dijo nada de periodistas ni sé en qué consiste el paquete de venta. Lo único que sé es lo que le oí decir al presentador.

–¿Tienes acceso a Internet? –preguntó ella, señalando hacia el portátil.

–Sí. Inalámbrico.

–¿Puedo? –preguntó Andrea y, como Clay asintió, tecleó una dirección de Internet en el ordenador. Poco después, leyó en voz alta–: La afortunada que compre al soltero número trece tiene derecho a siete seductores atardeceres, incluido un paseo en un carruaje a caballos por la zona histórica de la ciudad, montar a caballo en una playa local, cena en un crucero, un paseo en globo, cena y baile en Devil's Shoals Steakhouse, un paseo en velero y una hoguera privada en la playa.

A Andrea le pareció que Clay maldecía en voz baja.

–¿Estás dispuesta a renunciar a las citas? Te devolveré el dinero que pagaste en la subasta.

–Intenta explicarle eso a la periodista. No quedaría bien.

–¿No hay modo de escapar de esto? –preguntó él con la mandíbula apretada.

–Salir conmigo no solía resultarte tan desagradable.

–No. No lo era.

Andrea lo miró y se sintió capturada por la intensidad de sus ojos. No, se dijo. No debía sucumbir de nuevo.

–Pero eso es pasado. Ahora somos dos profesionales que podemos ganar algo de publicidad positiva si nos comportamos de forma apropiada.

–¿Eso es lo que esto es para ti? ¿Un reclamo publicitario? –le espetó él.

–Sí, además de una oportunidad para que ambos dejemos atrás el pasado –añadió ella, y señaló a su alrededor–. Esto parece bastante… acogedor.

–Es mi hogar.

–Por ahora, quieres decir.

–Vivo en El expatriado.

–¿De forma permanente? –inquirió ella, sin dar crédito.

–Sí.

Andrea miró a su alrededor de nuevo, buscando señales de una ocupante femenina.

–¿Necesitas que te haga un pase de puerta para alguien más que viva contigo?

–Vivo solo.

Andrea se sintió aliviada, aunque no tenía por qué, se dijo.

–¿Alguna vez has comprado una casa que no fuera este barco?

En una ocasión, los dos habían hablado de comprar una casa en la playa con un terreno de arena donde los perros y sus hijos pudieran corretear. Ella había comprado la casa, pero carecía de perros y de niños.

–Tuve un apartamento junto al mar cuando me fui a Miami. Después de diseñar y construir mi primer yate, me mudé a vivir en él. Desde entonces, siempre he vivido en el agua.

–Eso hace que sea más fácil moverse –dijo ella de forma impulsiva.

–¿Quieres decir que es más fácil irse? –preguntó él con gesto duro.

–No he dicho eso –replicó ella, intentando evitar una discusión.

–¿Quieres pelea?

–¿Cómo dices?

Clay la recorrió con la mirada. Como resultado, algo se calentó en el interior de Andrea.

–Tienes apretados los puños e incluso los dedos de los pies. ¿Estás preparándote para una pelea, Andrea?

–Claro que no –respondió ella, y se obligó a aflojar los dedos.

¿Cuándo había perdido el control de la situación?, se preguntó ella, y se dijo que debía decir lo que había ido a decir e irse.

–Necesitamos tener una estrategia para las entrevistas. Es importante que Octavia Jenkins no note ninguna tensión entre nosotros. Es una periodista de pueblo con grandes aspiraciones, deseosa de sacar a relucir trapos sucios siempre que pueda.

–¿Tú tienes trapos sucios? –quiso saber él.

¿Aparte de relaciones fracasadas y de una relación inestable con uno de los clientes de Yates Dean?, se dijo ella.

–¿Yo? No. Mi vida es un libro abierto. ¿Y tú?

–No personalmente –respondió él tras titubear.

¿Qué significaba aquello?, se preguntó Andrea. Por primera vez, se preguntó si algo o alguien aparte de ella lo había impulsado a irse de Wilmington. Pero no. Tenía que ceñirse a los hechos que conocía. La madre de Clay podía tragarse la historia de que él se había ido de casa porque no se llevaba bien con su padre, pero a ella no le convencía. Los hombres Dean solían discutir mucho y a menudo. Pero su vínculo siempre había sido fuerte, a pesar de las disputas.

–Andrea, éramos amantes. Si Jenkins es tan ambiciosa como dices, no tendrá que investigar mucho para averiguarlo.

–No. Pero eso ya lo sabe todo el mundo.

–¿Es una periodista muy agresiva? –inquirió él.

–No lo sé. ¿Por qué?–quiso saber Andrea, preguntándose qué tipo de secretos escondería Clay.

Como única respuesta, él sacudió la cabeza.

Andrea se apartó del ordenador y miró hacia las otras estancias. Allí estaba la habitación de Clay. Al verla, le temblaron las rodillas. Estar a diez pasos del dormitorio de él le impactó. ¿Por qué?, se dijo. No tenía ninguna intención de volver a su cama. Pero algo le dolió por dentro. Era simple nostalgia, pensó ella. Y debía ignorarla.

Tenía que salir de allí cuanto antes, se dijo ella.

–Hablaremos más tarde sobre la periodista. Tengo que hacer una llamada de larga distancia dentro de unos minutos. Te veré dentro de una hora para la visita a la planta de producción.

Clay apagó enfadado su teléfono móvil. La insistente periodista había echado al traste su plan de retrasar las citas todo lo posible. Si encontraba un director interino deprisa, podría regresar a Miami sin tener que cumplir con el paquete de la subasta.

¿Era un cobarde? Lo más probable era que sí. Pero no sabía si era capaz de salir con Andrea, pasar horas con ella a la luz de las velas e irse de nuevo. No, no seguía enamorado de ella, pero se sentía demasiado atraído por ella. Sería demasiado fácil enamorarse otra vez. Pero nada había cambiado. De hecho, desde que había dejado a Andrea, su incapacidad de salir con una misma mujer más de unos pocos meses reforzaba su idea de que tal vez era como su padre, incapaz de ser fiel.

Clay miró su reloj. Maldición. Llegaba tarde a su reunión con Andrea. Agarró las gafas protectoras que tenía que ponerse para visitar la zona de producción. Andrea lo estaba esperando al final del muelle.

¿Cómo podía una mujer ser atractiva con gafas protectoras y botas de goma? Aun así, Andrea lo era.

Clay se puso las gafas y maldijo a sus hormonas.

–Siento haberte hecho esperar. Me llamaron por teléfono. ¿Puedes cambiar tus planes para esta noche?

–¿Por qué?

–Porque la periodista quiere que le dé una entrevista para hablar sobre nuestra primera cita. Eso significa que tenemos que salir juntos al menos una vez.

–Ah –repuso ella–. Supongo que lo podría arreglar.

Andrea no parecía nada emocionada por la idea.

–El crucero-restaurante tiene plazas para esta noche. ¿Dónde vives?

–Tengo una casa en la playa Wrightsville.

–Te recogeré a las siete. El barco sale a las siete y media. Tienes que darme indicaciones de cómo ir a tu casa.

–Prefiero quedar contigo en el muelle. Así tendremos los dos más tiempo para prepararnos.

La puerta del edificio de producción se abrió antes de que Clay pudiera contestar. Andrea saludó al hombre que había ante ellos y, luego, se giró hacia Clay.

–Recuerdas a Peter Stark, ¿no es así? Ahora es nuestro director de producción.

–Me alegro de verte de nuevo, Peter –saludó Clay, y le tendió la mano.

El otro hombre titubeó un momento antes de estrecharle la mano.

Aquel frío saludo no debía de haber sorprendido a Clay, pero lo hizo. Peter había sido su mentor y protector desde el primer día en que él había entrado en Yates Dean. Estaba claro, sin embargo, que se había pasado al lado de Andrea.

–¿Cómo te va, Peter? –preguntó Andrea.

–Vamos bien, excepto por esos armarios –informó Peter–. La madera preciosa que pidió el cliente no ha llegado todavía.

–Llamaré a… –comenzó a decir Andrea, pero se interrumpió al darse cuenta de que ese trabajo le correspondería a Clay–. Clay puede llamar al distribuidor para comprobar el estado del pedido cuando volvamos a la oficina.

–Podríamos arreglárnosla con madera de caoba –insistió Peter.

–Mi abuelo siempre decía que el cliente no paga para que nos las arreglemos. Nos paga para hacer lo que nos pidió –señaló Clay, que se guiaba por aquella máxima, a pesar de que sus clientes a menudo le pedían diseños ilógicos.

–Sí, bueno, pero el retraso en la madera está retrasando todo lo demás.

–Veré qué puedo hacer hoy mismo. Si todo lo demás falla, cancelaré el pedido y recurriremos a mis proveedores.

–A tu padre no le gustaría eso –le retó Peter–. Llevamos veinte años tratando con estos proveedores.

–Mi padre no está a cargo del proyecto por ahora. Yo sí. Si una compañía no provee los suministros a tiempo, encontraremos otra que sí lo haga, de la misma forma que harían nuestros clientes con nosotros si no les entregáramos lo que nos piden. Si el retraso es un problema, entonces salta al siguiente pedido. Me encargaré de que el cliente entienda lo que ha pasado.

La escena con Peter se repitió una y otra vez mientras Clay recorría el complejo y se encontraba con caras familiares. Los empleados eran leales a Andrea y dirigían a ella sus informes. Ella los redirigía a Clay. Cuando terminaron la visita, él se preguntó por qué su madre le habría rogado que volviera a casa. Los empleados confiaban en Andrea, no en él.

Teniendo en cuenta que Clay se había ido de la ciudad para no tener que vivir una mentira o para no arriesgarse a fallarle a Andrea igual que su padre había fallado a su madre, la falta de confianza de los empleados le sentó como un puñado de sal en una herida abierta.

Capítulo Tres

Ya que tenían que salir juntos, era mejor elegir la opción menos romántica del paquete y un paseo en un crucero de cuatrocientas personas no podía ser muy romántico, pensó Clay mientras seguía a Andrea y a la azafata por el iluminado salón central del *Georgina*, pasando junto a mesas llenas de familias, con ruidosos niños incluidos. En ese escenario, sería fácil cenar con ella dejando la intimidad a un lado.

Pero, en lugar de llevarlos a una de las mesas para ocho personas del comedor, la azafata se detuvo delante de un ascensor. Subieron al tercer piso. Clay sintió un nudo en el estómago. Se había congratulado a sí mismo demasiado pronto.

El sol poniente tintaba de color melocotón la cubierta superior, acristalada. No había más que una docena de mesas para dos, alrededor de una pista de baile. Al final de la sala, un trío de músicos ocupaba un pequeño escenario. Los recibió el sonido del saxofón. La combinación de aquella sinuosa música y el sexy vestido negro de Andrea ponían en peligro sus planes de tener una cita aséptica.

Con una sensación creciente de incomodidad, Clay siguió a Andrea y a la azafata a una mesa en una esquina alejada. Era demasiado íntimo, se dijo Clay. La mesa con mantel de lino era lo bastante pequeña como para tocarle la mano a Andrea si quería. Pero no quería.

–¿No era lo que esperabas? –preguntó Andrea cuando se hubieron sentado.

Después de ocho años, parecía que ella podía seguir leyéndole la mente, pensó Clay.

–No sabía qué esperar –repuso Clay, y dio un trago a su vaso de agua–. Este crucero no existía antes de que yo me fuera de aquí.

–No, sólo lleva aquí unos pocos años. Es parte del proyecto de modernización de la ciudad.

–Ha habido muchos cambios –observó él.

Parecía imposible que Andrea estuviera más hermosa de lo que había estado en la subasta, pero lo estaba. Llevaba un vestido de seda negro por encima de las rodillas, que insinuaba todas sus curvas y revelaba que no llevaba sujetador.

Clay bebió otro trago de agua y deseó no haberse dado cuenta de ese detalle. Pero, diablos, era un hombre y había algunas cosas que no podían pasarle desapercibidas. Los pechos en libertad eran una de esas cosas.

El barco salió y Clay se concentró en mirar hacia la costa, una visión mucho más segura que la de la mujer que tenía delante.

La camarera regresó, les sirvió champán y desapareció.

–Wilmington nunca será tan cosmopolita como Miami, pero está modernizándose.

Clay ignoró su champán. Si quería superar la noche sin lamentaciones, era mejor que mantuviera la mente clara.

–¿Por qué asististe a la subasta? –preguntó él con tono forzado.

–¿Además de porque tu madre y Juliana eran las organizadoras del evento y porque Holly, Juliana y yo fuimos informadas de que nuestra asistencia era obligatoria?

Clay sospechaba que su madre era responsable en alguna manera de aquel lío. No le sorprendería. Su madre adoraba a Andrea. Pero, si se proponía hacer de celestina, iba a llevarse una buena decepción.

–Sí. Además de eso.

–Juliana, Holly y yo vamos a cumplir treinta este año y nos han dejado hacernos cargo de nuestras herencias. No necesitamos el dinero porque las tres trabajamos y tenemos un buen sueldo, así que decidimos donar una parte del dinero. La subasta benéfica nos pareció una idea divertida.

–¿Tus amigas también compraron hombres?

–Sí. Háblame de tu empresa –pidió ella, después de que la camarera les sirviera las ensaladas.

–Seascape me contrató durante mis estudios. Rod Forrester, diseñador de yates y propietario de la empresa, buscaba a alguien que pudiera reemplazarlo cuando tuviera que retirarse. Me enseñó el lado práctico del negocio mientras yo continuaba estudiando en la Universidad de Nueva Orleans. Rod se jubiló el año pasado.

Andrea rozó el tobillo de él por debajo de la mesa. Una chispa de deseo se incendió dentro de él.

–Lo siento –se disculpó ella–. ¿Y a Seascape le va bien?

–Muy bien. Rod tenía la mente más abierta que mi padre. Yo nunca habría podido ganar los premios que gané por diseños innovadores trabajando para Yates Dean –repuso él con un tono de amargura.

–Tu padre no es tan cerrado como antes –indicó Andrea.

–Me gustan los cambios que he visto. ¿Quién ha sido capaz de hacer que dejara de anclarse en el pasado?

–Supongo que yo. Le dije que, o nos modernizábamos o nos quedaríamos atrás. Nuestro negocio creció cuando hicimos los cambios, lo que validó mi punto de vista.

La opinión que Clay tenía de Andrea mejoró aún un punto más. Andrea había conseguido hacer entrar en razón a su tozudo padre, algo que él nunca había sido capaz de hacer.

La banda comenzó a tocar una canción más rápida y varias parejas salieron a la pista. Clay no pudo ignorar cómo Andrea seguía el ritmo de la música con sus hombros. Ella miró varias veces hacia la pista mientras terminaba su ensalada.

Clay pensó que, aunque no le gustaba haber participado en la subasta, Andrea había pagado mucho por esas citas y él no tenía derecho a defraudarla. Tenía que ofrecerle algo a cambio de su dinero. Bailar con ella no sería fácil, pero podría arreglárselas, se dijo. Se incorporó y se levantó.

–¿Bailamos?

Andrea levantó la cabeza con los ojos muy abiertos. Se humedeció los labios. Clay sintió un intenso deseo y se arrepintió de su invitación, pero era demasiado tarde para retractarse. Andrea le dio la mano, haciendo que una corriente eléctrica lo recorriera.

Clay la guió hacia la pequeña pista, le puso una mano en la cintura y entrelazó su otra mano con la de ella. Andrea se pegó a su cuerpo. Encajaban demasiado bien, pensó él.

–Háblame de la entrega que vamos a hacer mañana –preguntó él, intentando pensar en otra cosa.

–Los de catering llegarán para prepararlo todo a las once. Se servirá un aperitivo con champán a las doce. La fiesta dura hasta que el cliente quiera. A veces, los clientes se embarcan de inmediato. A veces, se quedan por allí horas o días hasta familiarizarse con cómo funciona todo en su nuevo yate. Tienes que llevar traje.

–Lo sé –contestó él, moviéndose al compás de la música–. No he tenido oportunidad de revisar la agenda aún. ¿Quién es el cliente?

–Toby Haynes –respondió ella con una sonrisa.

–¿El piloto de coches de carreras?

–Sí. Éste es su tercer yate Dean.

La noticia de que el más famoso donjuán de Nascar estaría en Yates Dean al día siguiente consiguió distraer a Clay del roce de las piernas de Andrea.

Pero, enseguida, volvió a reparar en que sólo unos milímetros y unas delgadas capas de tela lo separaban del cuerpo de ella. Se reprendió a sí mismo por llevar tanto tiempo de abstinencia.

Clay había roto con Rena hacía cinco meses, después de que ella se enojara porque le había regalado por Navidad un collar de zafiros en vez de un anillo de compromiso. No había salido con nadie desde entonces. Su trabajo lo había mantenido ocupado.

–Es bueno que los clientes repitan.

–Sí, y Toby es muy divertido –contestó Andrea con una sonrisa–. Le gusta estar muy al tanto de cada fase de la producción y, como tardamos casi un año en construir cada yate, lo vemos mucho por aquí. A los empleados les cae muy bien.

Clay se preguntó si a Toby también le gustaba estar muy al tanto de Andrea y sintió un arrebato de celos. Entonces, dio un mal paso, chocando con Andrea. La sostuvo para que ella no cayera, tocando las suaves curvas de sus caderas. Sostenerla entre sus brazos era una delicia, se dijo, a punto de olvidar los demonios que le habían obligado a irse hacía ocho años.

Andrea soltó un grito sofocado y lo miró a los ojos. Los dos se quedaron paralizados en medio de la pista.

Clay la besó sin haber tomado la decisión consciente de hacerlo. La penetró con su lengua. Ella le supo familiar. ¿Cómo podía recordar su sabor después de tantos años?

Andrea se derritió en sus brazos, saboreándolo,

acariciándolo con su lengua. El beso se llenó de pasión. La boca de ella era sedosa, dulce, cálida y tenía un ligero sabor a champán. Clay dejó escapar un gemido desde lo más profundo de su ser.

Andrea le acarició la espalda. El contacto de las uñas de ella sobre la piel lo incendió. Él la agarró por las caderas, acercándola más. Un estruendo lo sorprendió. Aplausos.

Clay se giró. Las parejas que los rodeaban aplaudían al final de la canción. Algunos comensales los miraban a ellos dos, con sonrisas indulgentes.

Maldición. Maldición. Maldición. Volver a casa había sido un error, se dijo él. No podía borrar el pasado, pero estaba seguro del todo de que no quería revivirlo. Si se le rompiera el corazón por segunda vez, no podría sobrevivir, pensó.

Andrea intentó convencerse de que era sólo cuestión de hormonas, nada más. Ya no estaba enamorada de Clayton Dean, se dijo.

Ella dio un paso atrás, para distanciarse física y mentalmente del hombre que tantos recuerdos le despertaba. Tenía el pulso acelerado y se tapó las mejillas para ocultar que estaba sonrojada. Apretó los puños.

–Nuestra cena espera –dijo ella.

Clay mostró una expresión indescifrable. Señaló hacia la mesa, indicando que ella le precediera. Andrea cruzó la pista de baile con piernas temblorosas. En un solo día, todo su plan se había venido abajo, pensó ella. ¿Qué había hecho mal? Culpó a su cuerpo por ignorar el plan que con tanto cuidado había trazado. Se suponía que tenía que hacer que Clay la deseara y no al revés.

Se negaba a enamorarse de Clay de nuevo. Si él esperaba revivir de forma temporal la relación que habían compartido hacía ocho años, estaba muy equivocado. Ella quería encontrar el amor duradero. Pero no con Clay. Nunca volvería a confiar en sus promesas.

Al sentarse a la mesa, Andrea miró su reloj de forma disimulada. Le quedaban aún dos horas más. Se colocó la servilleta sobre el regazo, decidida a dedicar toda su atención a las costillas asadas que le habían servido.

—¿Debería disculparme?

Al oír la sensual voz de Clay, Andrea casi se atragantó. Levantó la cabeza de golpe. Por alguna razón, le dolió ver los ojos de Clay llenos de arrepentimiento.

¿Acaso había esperado que él se diera cuenta de pronto que había cometido un error al dejarla? ¿Acaso había esperado que le declarara amor eterno? Claro que no, se dijo Andrea. Ella quería cerrar un capítulo, no abrirlo.

—¿Disculparte por un beso? Cielos, no, Clay. Hemos compartido cientos como ése en el pasado. Pero ahora tenemos que trabajar juntos, así que no se repita, ¿de acuerdo? —dijo ella, forzándose a sonreír y a sonar despreocupada.

***

Aquella mañana, Clay había salido a correr, mientras Andrea disfrutaba de una taza de café mirando el amanecer desde la ventana de su despacho. Él había conseguido no recordar los cientos de amaneceres que habían compartido y había evitado sentir el deseo de pasar más amaneceres junto a ella. Se dijo, además, que tenía que ignorar la forma en que ella le había quitado importancia a su beso de la noche anterior. Un beso que a él lo había dejado sin aliento.

Le quemaban los pulmones y su cuerpo estaba empapado en sudor. Se dijo que se había excedido haciendo ejercicio. De pronto, el sonido de un helicóptero sobrevolando Yates Dean interrumpió el silencio de la mañana. El vehículo pasó por encima de su cabeza y se dirigió al helipuerto que había junto a la oficina de ventas, otra novedad en la compañía. ¿Quién podía ser? No esperaban a su cliente hasta cuatro horas más tarde.

Clay llegó al aparcamiento mientras tres pasajeros bajaban del helicóptero. Uno de ellos saludó con la mano a Andrea, que estaba en la cubierta del edificio de ventas.

La sonrisa que esbozó Andrea al ver al recién llegado no pudo pasarle desapercibida a Clay. Ella solía sonreírle a él de ese modo, pensó. Un pensamiento que no le sentó nada bien.

—¡Andi! —gritó el visitante.

Andrea sonrió aún más y se dirigió al helipuerto. Se reunió con los recién llegados allí. El hombre al frente del grupo dejó en el suelo su maletín, abrazó a Andrea y la levantó por los aires. Entonces, le plantó un beso en los labios.

Clay casi se tropezó. Su estómago se retorció con unos celos que no tenía derecho a sentir.

Entonces, reconoció a Toby Haynes y su equipo.

Con los brazos del chico bonito de Nascar alrededor de la cintura, Andrea saludó a los otros hombres. En ese momento, vio a Clay y su sonrisa se desvaneció.

Clay se acercó a ellos mientras el helicóptero apagaba los motores.

—Clay, te presento a Toby Haynes, Bill Riley, su capitán, y Stu Cane, su compañero. Caballeros, éste es Clayton Dean. Hoy sustituirá a su padre —informó Andrea.

—Hola, tío. ¿Cómo está tu padre? —saludo Haynes, tendiéndole la mano.

Clay tenía los músculos contraídos. No le gustaba nada el modo en que aquel tipo rodeaba a Andrea, como si fuera una boa constrictor. Y no conocía la respuesta a la pregunta de Haynes.

—Joseph está recuperándose muy bien. Siente no poder estar aquí hoy, pero llamará más tarde si Patricia se lo permite —intervino Andrea—. Su esposa está intentando apartarlo un poco del trabajo. Sólo le permite hacer una llamada al día.

A Clay se le encogió el estómago aún más. Su padre le había estado llamado todos los días desde que había llegado y él se había negado a ponerse al teléfono.

—Tengo muchas ganas de ver a Joe —dijo Haynes—. Esto no es lo mismo sin él.

¿Qué le pasaba a ese tipo con los apodos?, se preguntó Clay. Nadie en el mundo llamaba a su padre Joe.

–Llegas temprano –señaló Clay, perdiendo su diplomacia habitual.

–Me moría de ganas por ver a mi chica. Tienes suerte de que no viniera a buscarla anoche –replicó Haynes, apretando la mano de Andrea.

¿Su chica? ¿Se refería Haynes a su barco o a Andrea?, se preguntó Clay. Podían ser ambos, ya que los amantes del mar solían referirse a sus barcos en femenino.

–¿De quién es esa preciosidad que está anclada en el muelle trece? –quiso saber Haynes, señalando hacia allá.

–Mía –contestó Clay con la mandíbula apretada.

–Es una belleza. ¿Quieres enseñármela?

–Deja que me dé una ducha primero –dijo Clay.

–No hace falta que te pongas guapo para mí, Dean –respondió Haynes.

Andrea estaba parada entre ellos, siguiendo con la cabeza la conversación como si estuviera viendo un partido de tenis.

–Yo me ocuparé de nuestros clientes –indicó él, haciendo hincapié en la palabra «clientes».

–Ya lo ves, ángel mío –dijo Haynes, mirando a Andrea–. El joven Dean se ocupará de nosotros. Tú puedes hacer tus cosas. Pero tampoco te arregles mucho. Mis ojos no lo resistirían si estuvieras más impresionante que ahora.

Clay no podía dejar de apretar la mandíbula. ¿Cómo podía Andrea interesarse por un tipo así?

–Me encantaría hacer un tour, Dean –dijo Haynes–. Empezando por tu barco, luego el mío.

Clay se tragó sus sentimientos. Haynes era un cliente.

–Tienes aspecto de saber apreciar un buen yate. Vamos a bordo.

–Una hermosura –comentó Haynes, mientras seguía a Clay.

Clay sospechó que se refería a Andrea y no tenía ninguna intención de hablar de ese tema.

–Es mi mejor diseño –repuso Clay, dirigiendo la atención a su embarcación.

Clay guió a aquellos visitantes indeseados al interior de su barco y luego les mostró el exterior. Cuando llegaron a la proa, Haynes señaló hacia una estructura de cristal que le llegaba por la cintura.

–¿Esto qué es?

–Mi moto –contestó Clay, y levantó la claraboya de la estructura para mostrar la Harley que guardaba allí–. Empleo una polea hidráulica para llevarla a tierra.

–Qué buena idea. ¿Pueden preparar mi barco para tener una igual?

–Claro.

–¿Cuánto tardarán?

–Tengo que hablar con el equipo de producción y necesitaremos saber las medidas de tu moto.

–Tengo un par de semanas. Había planeado tomarme ese tiempo libre para estar con Andi. Quiero que tú estés en el equipo de diseño de mi próximo barco. Tu diseño, unido a la calidad de Dean, harán que sea una maravilla de yate.

Clay no pensaba quedarse tanto tiempo, pero no vio la necesidad de revelarle ese detalle a Haynes.

–Siéntete como en casa mientras me doy una ducha. Sírvete lo que quieras del bar –invitó Clay–. Llamaré a Peter y veré si podemos ajustarnos al tiempo del que dispones.

–Es muy especial –comentó Haynes, poniéndose frente a Clay.

–Estoy muy contento con El expatriado.

–Me refiero a Andrea.

Clay permaneció en silencio.

–Pero algún imbécil la lastimó hace años, así que no es muy lanzada.

–Ese imbécil fui yo –dijo Clay, sintiendo el corazón encogido.

–Lo sé –repuso Haynes, sonriendo con suficiencia–. La mayoría de tus empleados llevan aquí mucho tiempo. Ellos saben que la lastimaste. No intentes retomarlo donde lo dejaste, Dean. Llevo persiguiendo a Andrea durante tres años y no quiero perder esta carrera. Ella será mía.

Clay se enfureció y, al mismo tiempo, se sintió arrepentido por todos los problemas que le había causado a Andrea. Ella había estado trabajando en Yates Dean durante un año cuando lo habían dejado y, en ese tiempo, no habían hecho nada para disimular su amor. Los empleados sabían que él había planeado casarse con ella y no lo había hecho.

¿Pero qué diablos podía hacer? Si se hubiera

quedado en Wilmington, habría tenido que mentir por su padre y hacer la vista gorda o revelar la sórdida verdad y romperle el corazón a las dos mujeres que más amaba: su madre y Andrea. Así que había huido, porque el llevarse el sucio secreto consigo iba a herir a las dos mujeres menos que la traición de su padre y la madre de Andrea.

No, se dijo Clay, él no podía tener a Andrea, pero tampoco iba a dejar que ese Romeo de pacotilla la lastimara. Por lo que había leído de él en las revistas de deportes, Haynes no aparcaba su coche en el mismo garaje durante mucho tiempo. Sólo hacía paradas para repostar. Andrea se merecía a un hombre que la quisiera para siempre.

–Si no la has conseguido ya, no tienes lo que hace falta. Es hora de que vayas a correr a otra pista.

Capítulo Cuatro

Atrapada entre el hombre que había amado en una ocasión y el hombre que creía poder llegar a amar, Andrea se esforzó por mantener la calma.

Con Clay pegado a su lado, ¿cómo podía concentrarse en su discurso o en la entrega de la bandera firmada por todos los empleados que habían participado en la creación del barco?

¿Cómo podía no comparar a los dos hombres? Ambos eran musculosos y altos, pero no se parecían en nada más.

Toby sólo se tomaba en serio los coches, poco más. Siempre estaba dispuesto a reír y a pasarlo bien. Por otra parte, Clay era todo seriedad. ¿Qué había pasado con sus sonrisas fáciles y seductoras?, se preguntó Andrea. Aunque la forma en que él la estaba mirando le estaba haciendo sentir la garganta seca y otras partes de su cuerpo… demasiado húmedas.

Maldición, se dijo ella. La atracción que sentía por Clay no formaba parte del plan.

Clay y Toby sonreían y hablaban con cortesía sobre el yate aunque había una tensión subyacente entre ellos. ¿Por qué?, se preguntó Andrea, mirando a uno y luego a otro.

Tomando sus miradas de la forma equivocada, Toby rodeó a Andrea por la cintura. Chocó su copa de champán a la de ella y se apretó a su lado.

–Con el joven Dean aquí a cargo de la compañía puedes tomarte unas vacaciones, ¿no? –comentó Toby, en voz demasiado alta–. Voy a dejar aquí mi barco para que podáis añadirle algunos juguetitos más. Mientras, tú y yo podemos irnos a las Bahamas, salir de fiesta toda la noche y pasar todo el día en la cama.

Andrea se avergonzó. No se atrevió a mirar a Clay. Sin duda, él había oído la invitación de Toby, como el resto de las personas que había cerca.

Un confuso mar de emociones la envolvió. Toby era atractivo y cuando la besaba sentía… algo. No es que notara algo muy explosivo, pero sus besos eran agradables y estimulantes. Hacía unos meses, ella había aceptado su invitación para ir a navegar con él en su yate durante un par de semanas después de la entrega del barco. Pero las cosas habían cambiado tras el infarto de Joseph.

–Andrea es necesaria aquí –dijo Clay en tono autoritario.

Andrea se puso rígida. No tenía ninguna intención de irse de vacaciones. De hecho, en cuanto había conocido el diagnóstico de Joseph, había llamado a Toby para cancelar el viaje. Pero que Clay ordenara que se quedara… Eso le hacía sentir indignada.

–¿Nos excusas un momento, Toby? –dijo ella, y agarró a Clay del brazo, sintiendo sus músculos y su calor. Lo guió hasta la otra punta del área de recepción–. Mis vacaciones estaban planeadas desde hacía meses. Si quisiera tomármelas, podría.

–¿Y dónde está tu lealtad hacia mi padre?

–¿Y dónde está la tuya? –replicó ella, enojada.

–Estoy aquí, ¿no es así? –señaló Clay, furioso también.

Andrea recordó que Clay estaba deseando irse de allí de nuevo. Entonces, se le ocurrió una idea.

–Pospondré mis vacaciones si dejas de buscar un director suplente. Quédate hasta que Joseph esté recuperado y yo haré lo mismo –le retó ella.

–No solías ser tan manipuladora –repuso él, apretando la mandíbula.

–No me hacía falta. Tenía todo lo que quería –dijo ella.

–Es un trato. Me quedaré. Pero no olvides que tenemos que hacer la entrevista con la periodista y que tenemos pendientes seis citas más.

–No lo olvidaré –dijo Andrea, y volvió junto a Toby, seguida por Clay–. Me necesitan aquí hasta que Joseph vuelva. Si te parece bien, dejaremos el viaje para otro momento.

–¿Me dejarás quedarme en tu casa, ya que tú ibas a quedarte en mi yate?

Clay se acercó a ellos, con expresión desaprobatoria. ¿Por qué? No había ninguna regla en la empresa que prohibiera que los empleados confraternizaran con los clientes, se dijo Andrea, frunciendo el ceño.

–¿E impedirte disfrutar de tu primera noche en

tu yate nuevo? –replicó ella con una sonrisa–. No me atrevería a hacer una cosa así. Además, el barco tiene su despensa llena, puedes quedarte con tus hombres allí a dormir y a comer.

–Al menos, deja que te invite a cenar –repuso Toby.

–Puedes salir con ella esta noche –intervino Clay–. Pero mañana por la noche saldrá conmigo. Creo que Andrea olvidó mencionar que me compró, junto con un paquete de siete citas, en una subasta de solteros. Mañana por la noche tenemos otra cita.

Andrea se sintió como un hueso por el que dos perros se estaban peleando. Lo que no tenía sentido, pues Clay no quería nada con ella y sus prisas por irse de la ciudad eran obvias. Entonces, ¿cuál era su problema?

Malhumorado por la falta de sueño, Clay vio salir a Andrea a la terraza de la oficina, con una taza de café en la mano. Había descubierto que su ritual mañanero incluía llegar una hora antes de que las puertas de la oficina se abrieran y sentarse en la terraza para disfrutar del amanecer.

Sintió un gran alivio porque ella no hubiera pasado la noche en el yate de Haynes. ¿Pero qué le importaba a él con quién durmiera Andrea?

Clay agarró una botella de agua y comenzó a hacer ejercicio. Al correr, sus músculos cansados protestaron. Había pasado casi toda la noche dando vueltas en la cama, esperando oír el regreso de Haynes a su yate y temiendo que Andrea decidiera pasar la noche con ese imbécil.

Además, no había podido dejar de recordar las noches que había pasado con Andrea en el pequeño barco que él tenía entonces. ¿Se acordaría ella de las cálidas noches de verano cuando habían hecho el amor envueltos en sudor?

–¿Qué tal la vista? –preguntó Clay, gritando hacia la terraza donde estaba Andrea.

Ella se giró de golpe hacia él. Llevaba un traje de chaqueta de color rosa pálido, que resaltaba sus curvas y el color de sus mejillas. La falda le llegaba por encima de las rodillas y, combinada con unos altos tacones, daba un toque peligrosamente sexy al conjunto.

–¿Perdón? –dijo ella.

Andrea siempre había tenido debilidad por los tacones, pensó Clay, y se forzó a levantar la mirada, recorriendo las piernas de ella, sus caderas, su pequeña cintura, sus pechos, sus labios… hasta llegar a sus ojos.

–Sigues enamorada de los amaneceres. Apuesto a que te compraste tu casa por las vistas.

–Lo has adivinado. Y son preciosas, aunque no tanto como éstas.

Andrea miró hacia el mar y, luego, posó los ojos en el pecho desnudo de él.

–¿Te acostaste tarde anoche? –preguntó Clay, que sabía que Haynes no había regresado a su yate hasta las dos.

–Eso no es asunto tuyo, Clay.

–Es por si te quedas dormida encima de mí. Tengo prevista otra cita para esta noche. Iremos a montar a caballo en la playa antes de reunirnos con Octavia Jenkins. Te recogeré a las seis.

–No hace falta. Podemos salir desde aquí.

–¿Qué pasa? ¿No quieres que vaya a tu casa?

–No es eso –respondió ella tras titubear–. Mi casa no nos queda de camino. Y en mi despacho guardo un conjunto de ropa para salir.

Clay abrió la boca para insistir, pero una sirena desde el muelle lo interrumpió. No necesitó girarse para saber que Haynes se había levantado.

–No quiero entretenerte, Clay. Sigue corriendo –dijo Andrea, mirando con una sonrisa hacia Toby.

Rechazado y humillado. Vaya forma de comenzar el día, se dijo Clay.

Había sobrevivido a una cita más, se dijo Andrea contenta mientras se dirigía con Clay a los establos para dejar los caballos con los que habían ido a dar un paseo por la playa al atardecer.

El ruido de los caballos había hecho difícil la conversación y, como cada uno había tenido el suyo propio, no había sido necesario que sus cuerpos se tocaran.

Aunque, lo cierto era que sí había sentido algo de electricidad cuando había visto llegar a un hombre en moto, con vaqueros, camiseta blanca ajustada y botas. No había podido evitar fijarse en su musculoso torso, en sus anchos hombros y en su apretado trasero. Entonces, el motociclista se había quitado el casco y ella había sentido un nudo en el estómago, al comprobar que era Clay.

Andrea vio a Octavia Jenkins esperándolos al comienzo del camino, junto a una mesa de picnic.

–Buenas tardes, chicos –saludó la periodista–. Pensé que podíamos hacer la entrevista aquí mismo.

Andrea se puso un poco nerviosa. Se sentó a la mesa y Clay se sentó frente a ella. Sus pies se rozaron y el corazón de ella se aceleró.

–¿Es difícil trabajar con el hombre con el que habías pensado casarte? –preguntó Octavia.

–E-eso ocurrió hace mucho tiempo –balbuceó Andrea–. Ahora Clay y yo estamos más centrados en la rehabilitación de Joseph y en mantener el ritmo de producción de yates Dean.

–¿Crees que puede reavivarse la antigua llama?

–No –respondieron Andrea y Clay al unísono.

Andrea buscó los ojos de él, pero Clay tenía la vista fija en la periodista. Sabía que ella estaba mintiendo respecto a los resquicios de atracción que sentía por él pero ¿y Clay?

–Te equivocas con tus preguntas. Los tiros no van por ahí –intervino Clay.

–Juraría que he visto algunas señales de humo –dijo Octavia, y escribió algo en su cuaderno.

–Comenzasteis a salir cuando estabais en el instituto. Vuestra clase os votó como la pareja más inseparable. Luego salisteis durante cinco años más, a pesar de asistir a universidades diferentes, lo que apoya la opinión de vuestros compañeros de clase. ¿Qué pasó?

—La gente cambia y las circunstancias también —repuso Clay, mirando a Andrea.

Su respuesta hizo que Andrea se sintiera aliviada y frustrada al mismo tiempo. Quería saber por qué Clay la había dejado, pero no quería que el mundo entero lo supiera también.

—¿Cómo te sientes al regresar al puesto de trabajo que fue creado para ti? —preguntó la periodista.

—Mi vida y mi empresa están en Florida ahora. Esto es sólo temporal —afirmó él, tenso.

—¿Te gusta más tu nueva compañía que ser parte de la empresa familiar que tu padre fundó?

Andrea no envidiaba a Clay por estar en el centro de atención de la periodista pero, en secreto, se alegraba de que Octavia le hiciera las mismas preguntas que ella había querido hacerle.

—No es ni mejor ni peor. Sólo vi la oportunidad y la aproveché.

—Sólo quiero entender qué te hizo decidir renunciar a un futuro garantizado —insistió Octavia—. Eres el único heredero de la fortuna Dean. ¿Qué pasará con la compañía y sus empleados cuando tu padre ya no esté? ¿La cerrarás, la venderás o te harás cargo de ella?

La forma en que Clay apretó la mandíbula y cerró el puño sobre la mesa delató su incomodidad. Andrea sintió compasión por él y tuvo deseos de tomarle de la mano. En lugar de eso, le acarició con su pie en la bota. Era una señal que solían compartir en las cenas familiares, un modo de permanecer conectados en secreto.

Clay fingió no notar su contacto.

–Esa decisión no tendrá que tomarla hasta dentro de muchos años –intervino Andrea, mirando a Octavia–. Joseph sólo ha tenido un pequeño infarto. Está bajo tratamiento y va a ponerse bien. Es obvio que su padre quiera que Clay vuelva a casa, pero también entiende que él tiene que hacer su propia vida.

Clay miró a Andrea a los ojos, como si quisiera saber si lo que ella había dicho era cierto. Andrea asintió con la cabeza.

–Tu padre por la línea dos –informó Fran el viernes por la mañana, tras llamarlo a su yate.

Clay sintió un nudo en el estómago. Durante los dos días anteriores, la pregunta de la periodista acerca del futuro de la compañía había estado resonando en su cabeza. ¿Pero qué podía él hacer?

Ni siquiera era capaz de entrar en las oficinas. Desde el miércoles por la noche, había intentado encontrarse con Andrea lo menos posible. Sin duda, Clay había subestimado la dificultad de estar junto a ella y reprimirse de tocarla. La atracción física que sentía por Andrea no había cambiado. Para colmo, al verla más madura y más segura, le parecía aún más atractiva.

–¿Señor Dean?

–Responderé la llamada –repuso Clay, y la secretaria le pasó con su padre–. Tienes que dejar de malgastar conmigo la única llamada diaria que te dejan hacer. No tengo nada que decirte –le dijo a su padre.

–Clayton. Hijo. Tenemos que hablar.

Clay llevaba ocho años sin oír la voz de su padre. Le pareció diferente. Con un tono más medido y más lento.

–Dijiste todo lo que tenías que decir cuando me pediste que mintiera por ti.

–Me arrepiento de eso. Me equivoqué.

–¿No me digas? –replicó Clay con sarcasmo–. Los dos jurabais tener matrimonios perfectos. Enamorados desde el instituto. Como Andrea y yo. Y era una mentira.

–Nunca antes le había sido infiel a tu madre y nunca volví a serlo después. Te lo juro, hijo.

–¿Y esperas que te crea?

–Le dije a tu madre que le había sido infiel. Ella me perdonó, Clay. ¿Tú no puedes perdonarme?

–¿Le dijiste que la habías engañado con su mejor amiga?

–No –contestó Joseph tras un silencio–. Arriesgué nuestro matrimonio al hacerle la confesión. No quería poner en juego también su amistad con Elaine. Había circunstancias atenuantes…

–Entonces, sigues viviendo una mentira.

–He aceptado la responsabilidad de mis acciones. Ahora tú tienes que hacerte responsable de las tuyas. No deberías haber hecho sufrir a Andrea a causa de mi error. No tenías ningún derecho a herir a esa chica, Clay. Mi infidelidad no tenía nada que ver con ella.

Clay sintió una punzada de dolor. No, la infidelidad de su padre no tenía nada que ver con Andrea y sí con él. ¿Sería hereditaria la incapacidad de ser fiel?

—No tienes derecho a decirme qué está bien o mal.

—Clay, hay algo que tienes que saber.

—No quiero escuchar más confesiones ni excusas.

—Por favor, hijo, no te pediría que me escucharas si no fuera importante. Dame un minuto.

—Te estoy dando a ti y a Yates Dean dos meses de mi vida. No seas egoísta y no me llames más –dijo Clay, y colgó.

—¿Qué estás haciendo a bordo?

Andrea se sobresaltó y se giró hacia él. No lo había oído acercarse, con todo el ruido de los motores y con el movimiento de los mecánicos mientras comprobaban el funcionamiento del yate. Si todo iba bien, el barco estaría listo para ser entregado la semana siguiente.

—Estoy ayudando –contestó ella–. ¿Y tú?

—Estoy supervisando. No es necesario que estés aquí.

—Tu padre me pidió que lo hiciera.

—Yo me encargo –repuso él, cruzándose de brazos.

–¿Llamas tú a Joseph para contarle cómo fue la prueba? Querrá conocer todos los detalles.

–Stark lo llamará.

–Si tu padre sólo quisiera el informe de Stark, entonces podría enviárselo yo por fax. Lo que él quiere es estar aquí. Nunca en su vida se ha perdido la prueba de un yate. Y, como no puede estar aquí, quiere que yo se lo cuente de primera mano. Así que puedes irte a tu despacho y hacer lo que quiera que sea que haces ahí escondido todo el día.

–No me escondo. Lo que pasa es que no quiero ver los ojos de cordero degollado con que miras a Haynes. Es asqueroso.

–¡Cordero degollado! Yo no hago eso. Salgo a comer y a cenar con él. Eso es todo. No lo miro de ninguna manera –señaló ella.

–Si te vas ahora, llegarás a tiempo de comer con él.

–Olvídalo, Clay. No voy a bajar de este barco. Hice una promesa y yo mantengo mis promesas.

Clay apretó los labios y los puños y Andrea deseó no haber dicho aquellas palabras. Ésa no era una conversación que quisiera tener allí, cuando cualquiera podía interrumpirlos.

–Disculpa, tengo cosas que hacer –dijo ella.

Pero Clay no se apartó, bloqueándole el paso. En ese momento, sonó la sirena y el barco zarpó.

–Andrea, tuve que irme.

–¿Sí? ¿Y no tenías tiempo de despedirte en persona? ¿Tuviste que dejarme un mensaje en mi contestador a una hora en la que sabías que no estaría en casa? «Andrea, lo siento pero no me casaré contigo. Tengo que irme y no volveré. Olvídate de mí» –dijo ella remedando las mismas palabras que él le había dedicado.

–Fue lo mejor que pude hacer en ese momento –afirmó él, tras tragar saliva.

–Si quieres que comprenda por qué fuiste un idiota tan desconsiderado, tendrás que esforzarte un poco más, Clay.

–Lo siento.

–No quiero una disculpa. Quiero una explicación.

–Sólo te ofrezco una disculpa.

–Pues no es bastante –replicó ella, y se dispuso a salir de su vista, pero Clay la detuvo y cerró la puerta del camarote donde estaban.

Diablos, se dijo Andrea. Estuviera lista o no, parecía que había llegado el momento de hablar.

Capítulo Cinco

–¿Acaso crees que me gustó lastimarte o dejarte? –preguntó él, acariciándole el brazo.

–¿Entonces por qué lo hiciste? –replicó ella, intentando apartarse–. Me alegro de que te resultara tan fácil seguir con tu vida y olvidarte de nosotros. Ahora, déjame salir de este camarote.

–Escucha.

–Déjame salir, Clay. La tripulación…

–¿Oyes eso?

–¿Oír qué? –dijo ella. Lo único que oía era el mar y el martilleo de su propio pulso en los oídos.

–Las olas rompiendo en el casco del barco. Cada vez que oigo ese sonido, me acuerdo de cuando estábamos en el Sea Scout. Calientes. Sudorosos. Desnudos.

–No te atrevas a hablarme de eso –dijo ella. No era justo, pensó.

–No he olvidado nada, Andrea –aseguró él, y le tomó la cara entre las manos.

Algo dentro de Andrea se derritió. Aquello no era parte de su plan…

Entonces, Clay la besó y ella olvidó todas sus objeciones. Fue un beso profundo y hambriento.

Sin poder evitarlo, Andrea le rodeó la cintura con las manos y se apretó contra él. Sus pechos se apretaron contra el pecho de él. Dardos de deseo la atravesaron, trazando el camino hasta su vientre. Había olvidado aquella maravillosa sensación de excitación. Había olvidado cómo era sentir el aliento de Clay en su mejilla, el roce de su barba de media tarde. Y el fuerte aguijón del deseo. ¿Por qué ningún otro hombre le hacía sentirse así?

Clay bajó las manos hasta el trasero de Andrea, acariciándola, y la acercó más aún, apretándola contra su rígida erección.

Al menos, él no era inmune a la atracción que había entre ellos, se dijo Andrea, y se puso de puntillas para rodearle el cuello con los brazos. Clay le recorrió las caderas, la cintura y los pechos. La tela ligera de su vestido no ofrecía ninguna protección. Con el dedo pulgar, jugó con el pezón de ella, haciéndola gemir.

A continuación, Clay se concentró en su cuello. La besó, la lamió, la chupó. La guió hacia atrás, hasta que toparon con la litera del camarote.

De pronto, Andrea salió de su ensimismamiento. Se acercaban pisadas. Alejó a Clay de su lado y se limpió la boca una milésima de segundo antes de que la puerta se abriera.

Peter se detuvo en seco, observando cómo jadeaban los dos ocupantes del camarote.

—He traído una copia de la lista de cosas que tenemos que probar. Clay, te necesitamos en cubierta —dijo Peter con expresión sombría.

Clay lanzó a Andrea una mirada indescifrable, le arrancó a Peter la lista de la mano y salió.

Andrea exhaló y miró al hombre que había sido su más firme aliado en Yates Dean, además de Joseph. La decepción que vio en los ojos de Peter le caló hondo, pero no tan hondo como sus propios remordimientos por lo que acababa de hacer.

¿En qué diablos estaba pensando?, se reprendió Clay a sí mismo.

Ninguna de las amantes que había tenido en los últimos ocho años lo había excitado y satisfecho tanto como Andrea. Pero no debía empezar con ella una relación que no sería capaz de terminar. Entonces, ¿por qué torturarse?

Porque quedarse sentado en su yate cada noche y escuchar cómo ella reía con el piloto de carreras, en el barco de al lado, sí que era una tortura.

Andrea le había llamado idiota por no haberse despedido de ella en persona y no podía hacerla cambiar de opinión. No podía explicarle por qué había huido aquella mañana de Yates Dean, por qué se había subido a su coche, había conducido hasta quedarse sin gasolina y se había sentado durante horas en el arcén de la autopista pensando en las repercusiones de su descubrimiento. Se había quedado allí hasta que un coche de policía se había detenido detrás de él y había llamado a una grúa.

Había necesitado hablar con alguien en ese momento pero, ¿a quién podía haber llamado? En quien más había confiado había sido en Andrea, pero no había podido contárselo a ella. Le había dejado el mensaje en el contestador porque no se había creído capaz de mirarla a los ojos y no revelarle la dolorosa verdad sobre sus padres.

Y estaban también sus propias dudas. ¿Sería él capaz de comprometerse con una mujer para siempre? ¿O sería tan débil como su padre? Había decidido no saberlo nunca.

–Hecho –dijo Clay en cubierta, después de comprobar que todo en su lista estaba correcto.

Su pulso se aceleró al encontrarse con la mirada de Andrea. Ella apartó la mirada.

¿Y si le contaba por qué se había ido? Clay se había formulado esa pregunta a sí mismo miles de veces. ¿Podría ella perdonarlo por estropear el concepto que tenía de su madre y de su mentor?

–Vamos a llevarla a tierra –dijo Stark al capitán–. Andrea tiene planes para esta noche y no queremos que llegue tarde.

–¿Con Haynes? –preguntó Clay, tenso.

–No. Con mi madre. Todos los viernes salimos a cenar las mujeres. Además, no es asunto tuyo.

Clay recordó que era una tradición que arrancaba de sus días de universidad, cuando Andrea se había mudado a un apartamento con Holly y Juliana.

–¿Cuánto tiempo tardaremos en terminar los arreglos en el barco de Haynes? –dijo Clay a Peter.

–Una semana más –repuso el director de producción con desaprobación.

–Pues aceleradlo. Tenemos otra entrega para el próximo viernes. Necesitamos que ese yate zarpe cuanto antes.

–Podemos llevarlo a otro muelle. O tú puedes mover el tuyo –repuso Stark con beligerancia.

–Haz tu trabajo, Peter. Pide voluntarios para que hagan turnos extra si es necesario –ordenó Clay.

Mientras tanto, Clay decidió que mantendría a Andrea ocupada y programaría todas las citas posibles del paquete de la subasta mientras Haynes estuviera allí.

Tanto el hijo pródigo, Clayton Dean, como Andrea Montgomery, su antiguo gran amor, juran que están extinguidas las cenizas de su pasado, pero esta periodista cree que el romance está servido. ¿Llevará la señorita Montgomery las cerillas? ¿Y sobrevivirá el calor el señor Dean cuando este dúo dinámico se prenda de nuevo?

–Oh, cielos –rugió Andrea, dejando caer el periódico del sábado en la mesa de la cocina.

El primer artículo de Octavia Jenkins en el periódico de Wilmington le resultaba más embarazoso de lo que podía describir. Sintió nauseas. ¿Cómo iba a ser capaz de mantener alta la cabeza en el trabajo?

Miró de nuevo el periódico, que mostraba a la pareja besándose a bordo del Georgina. ¿Quién había tomado esa foto? Ella no había visto a ningún fotógrafo en el barco.

Rabiosa, se dirigió a la ducha y se vistió. Era todo culpa de Clay. Condujo hasta Yates Dean y no paró el coche hasta llegar frente al yate de Clay. Llamó a la puerta de cristal de la cabina con el puño. Clay tardó un rato en responder. Por su aspecto cuando emergió del camarote, se acababa de despertar.

¿Cómo podía estar tan sexy recién levantado?, se preguntó Andrea. Con barba incipiente. Descalzo. Y con una erección mañanera que sus calzoncillos no podían ocultar.

–¿Qué pasa? –preguntó él.

–Léelo –dijo ella, lanzándole el periódico–. Peor aún, mira la foto. No quiero que todo el mundo me tenga lástima otra vez cuando te vayas. Ya pasé por eso una vez.

Clay tomó el periódico y echó una mirada al artículo.

–Tienes que dejar de besarme –dijo ella, enojada.

–Pues deja tú de devolverme los besos.

–Tú… –balbuceó ella, furiosa, a punto de estallar–. ¿Cómo te atreves a echarme la culpa a mí?

–¿No eres tú quien se pone incitantes vestidos y provocadores tacones todos los días para ir a trabajar?

–Me visto para gustarme a mí misma –repuso ella, sonrojada.

–Sí, ya. O quieres llamar mi atención o la de Haynes. ¿Cuál de los dos?

Andrea lo miró rabiosa.

–¿Sabes qué hora es, Andrea?

–Yo… –comenzó a decir ella. Había olvidado mirar el reloj. Apenas estaba amaneciendo–. No.

–Son las cinco y veinte de la madrugada. Demasiado temprano para tener una pelea en la cabina del barco. Entra. Haré café.

Andrea se quedó parada, preguntándose si era inteligente seguirlo.

Por una parte, Clay no estaba vestido. Por otra parte, él tenía un aspecto delicioso. En tercer lugar, odiaba sentirse tan atraída hacia él. Por último, los empleados de Yates Dean leerían su artículo y pensarían que era una tonta por salir con él de nuevo. Perdería el respeto que tanto le había costado ganarse.

–Cierra la puerta. Están entrando los mosquitos –dijo él.

A pesar de que sabía que no era buena idea, Andrea entró y cerró la puerta. Una cosa era hablar de trabajo con él cuando los dos estaban vestidos y otra cosa era hacerlo cuando él aún tenía marcas de la almohada en el hombro y en la mejilla.

–Éste no es el tipo de publicidad que nos conviene, Clay.

–No. ¿Pero qué podemos hacer? Es ella quien escribe la historia.

–Podemos dejar de darle de qué hablar.

–Eres tú quien insistió en que saliéramos –le recordó él, y encendió la cafetera.

–Tenemos que seguir con las citas –dijo ella–. Le estaríamos dando más de qué hablar si no lo hiciéramos.

–Hablando de citas, había pensado llamarte hoy. Había planeado un paseo en globo para mañana por la mañana, si estás disponible –señaló él, y se apoyó, semidesnudo, en la mesa.

En el pasado, habían tenido incontables charlas mientras habían estado desnudos, recordó Andrea.

¿Por qué le seguía hipnotizando verlo sólo en calzoncillos? No era justo, se dijo.

Tras recorrer con la mirada el velludo torso de Clay, Andrea levantó la vista y se dio cuenta de que él la había sorprendido observándolo. Se sonrojó.

–Estoy disponible. Para el paseo en globo. ¿Por qué no te pones algo de ropa?

Clay la miró a los ojos durante diez segundos antes de dirigirse a su camarote. Andrea intentó apartar la mirada, pero la visión de la cama deshecha la cautivó. Recordó el beso que habían compartido la noche anterior y la temperatura de su cuerpo subió peligrosamente.

¿Cómo podía ser tan estúpida?, se reprendió a sí misma. Pero tenía que seguir con su plan. Aún no se había sacado a Clay de la cabeza y aún no había averiguado por qué la había dejado.

–No puedo creer que me hayas convencido para hacer esto –dijo Andrea al salir del coche–. De todas las citas estipuladas en la subasta, ésta es la que más temía.

–¿Tienes miedo de las alturas? –preguntó Clay con una sonrisa.

Andrea miró hacia el campo donde el globo los esperaba. Había cuatro personas sentadas alrededor. Pronto, Clay y ella estarían volando en esa cosa.

–Quizá. Un poco. Y lo estipulado en la subasta era ir al atardecer, no al amanecer.

–Pero tú prefieres los amaneceres.

Andrea se sintió conmovida porque él recordara sus preferencias, pero no tenía ninguna intención de dejarse caer en el romanticismo.

–No tiene volante ni paracaídas –observó ella mientras se acercaban.

–Los globos de aire caliente llevan funcionando desde el siglo XVIII. Y nuestro piloto es un veterano con veinte años de experiencia.

–Ésa es la única razón por la que accedí –repuso Andrea, preguntándose aún si sería una locura.

–Buenos días –saludó un hombre–. Soy Owen, vuestro piloto, y éstos son Denise, Larry y Hank, nuestro equipo de tierra. Nos recogerán cuando aterricemos y os traerán hasta vuestro coche. Si estáis listos para ver el mundo como los pájaros, subid abordo.

Clay entró primero en la cesta del globo y se giró para tenderle una mano a Andrea. Ella subió por las escaleras de cuerda que habían preparado. Lo primero en que reparó fue en que había muy poco espacio.

–¿Listos para despegar? –preguntó Owen.

Andrea asintió, tensa. Su corazón latió con una mezcla de excitación y miedo.

La cesta comenzó a moverse. Andrea tragó saliva y cerró los ojos. El estruendo del calentador de propano le obligó a abrirlos de nuevo. Despacio, el globo comenzó a elevarse.

Andrea sintió deseos de apretarse contra Clay, pero no se atrevió a moverse, para no desequilibrar el globo. Además, Clay la había acusado ya de intentar seducirlo. Así que se agarró con fuerza el borde de la cesta y se concentró en respirar con normalidad.

–Volaremos a una altura entre quinientos y mil quinientos pies –informó Owen.

Alto. Demasiado alto, pensó Andrea, que hubiera preferido no saberlo. Clay le cubrió una mano con la suya y ella agradeció su apoyo silencioso. Pasaron unos minutos interminables.

–Mira –le dijo Clay al oído.

Andrea se obligó a mirar hacia abajo y se sorprendió al no sentirse mareada. El sol brillaba como un gran melocotón en el horizonte. Su miedo fue desvaneciéndose.

–¿Ves tu casa? –preguntó Clay.

El aliento de él hizo que a Andrea se le pusiera la piel de gallina. Clay le rodeó los hombros con un brazo y señaló hacia abajo.

Andrea tragó saliva e intentó frenar el cosquilleo que sentía entre los muslos. Miró en la dirección que Clay indicaba, hasta que encontró su casa.

–Sí.

Entonces, Owen apagó el quemador y se hizo el silencio.

–Es hermoso –dijo ella, relajándose–. ¿Tú ya habías montado en globo? –preguntó a Clay.

–Rod, mi antiguo jefe, ama las carreras de globos. A veces, he formado parte de su tripulación. No hay nada como el silencio y la sensación de flotar en una corriente del viento.

–Nunca te hubiera imaginado montando en globo y dejando que el viento te llevara a su antojo.

–Las personas cambian, Andrea. Y aquí arriba tienes más control sobre la dirección del vuelo de lo que crees. Las corrientes de aire viajan en diferentes direcciones a diferentes alturas. Así puedes elegir tu camino.

Andrea asintió. Clay había cambiado y ella también. Había dejado de ser una persona confiada e inocente para volverse más sofisticada y reservada. Había dejado de creer en cuentos de hadas. Por eso había trazado el plan de la subasta de solteros, se recordó a sí misma. Para tomar el control sobre su vida y ponerla en la dirección correcta. Y pensaba conseguirlo costara lo que costara.

–¿Puedes entrar un momento? –pidió Andrea cuando Clay la llevó a casa.

–Claro.

Clay la siguió hacia la puerta principal.

–Entra y siéntate. ¿Quieres algo de beber? –ofreció ella tras guiarlo al salón, con una gran ventana con vistas a las dunas.

–No. Estoy bien.

–Discúlpame un momento –dijo ella, y subió las escaleras.

Clay se quedó esperándola junto a la ventana, sintiendo un nudo de arrepentimiento en el estómago. Los suelos de la casa estaban cubiertos con azulejos color arena y los tonos de color azul océano dominaban las tapicerías. Las mesas eran de cristal. La decoración también tenía toques de color naranja y melocotón, como reminiscencias del amanecer. Era la casa de los sueños de Andrea, la casa que los dos habían planeado compartir.

Ella regresó minutos después, se acercó y le tendió la mano.

–Creo que es hora de que te devuelva esto. Siento no habértelo mandado antes, pero no tenía tu dirección de correo en Florida.

Con curiosidad, Clay extendió su mano. Ella abrió la suya, dejando caer en la palma de él un objeto pequeño y liviano. Era un pequeño diamante. Él se quedó sin aliento. Su anillo de compromiso. El que le había regalado la noche que habían hecho el amor por primera vez, la misma noche de su fiesta de graduación del instituto. Entonces, se habían prometido pasar juntos el resto de sus vidas.

El anillo simbolizaba una promesa rota y todo lo que Clay había perdido.

Clay no fue capaz de encontrar las palabras para describir lo que sentía. Y, de todos modos, el nudo que sentía en la garganta no le hubiera permitido hablar. Cerró la mano alrededor del anillo y tragó saliva.

–Tenemos que olvidar el pasado, Clay –dijo ella con ojos llenos de tristeza.

–Sí. Pero puedes quedarte esto.

–No lo quiero. No quiero más recuerdos.

Clay tampoco quería recordar. Pero no podía olvidar.

Capítulo Seis

–Yo no me meto en una carrera a menos de que tenga buenas posibilidades de ganar –gritó Haynes mientras Clay pasaba por delante de su yate esa mañana.

Clay se detuvo.

–Me gusta observar a los otros pilotos en la carrera y tengo que admitir, Dean, que me estás haciendo esforzarme más de lo que había esperado.

Clay apretó los dientes. Haynes era un cliente y, aunque estaba loco de ganas de mandarlo al diablo, tenía que ser correcto.

–No se trata de una competición.

–Muchacho, eso no te lo crees ni tú.

Habían pasado tres días desde el paseo en globo. Tres días en los que Andrea había estado comiendo en el barco de Haynes y saliendo con él cada noche. Tres días en los que el anillo de compromiso le había estado quemando a Clay en el bolsillo.

Clay tuvo que admitir un hecho indiscutible. Estaba celoso. Quería a Andrea para él solo. Quizá, incluso, siguiera amándola.

–Piensa lo que quieras, Haynes. El cobertizo para que guardes tu moto se te instalará esta tarde. Y podrás irte –dijo Clay, y siguió andando hacia su barco. Su refugio.

–Mi instinto me dice que yo conseguiré antes que tú, Dean.

A Clay se le tensaron los músculos. Sintió deseos de lanzarse al barco de Haynes y de saltarle unos cuantos dientes de un puñetazo pero, en lugar de eso, siguió caminando. Y saboreó una pequeña victoria.

Andrea no había dormido aún con Haynes. Y Clay podía seguir esforzándose para que nunca lo hiciera.

Andrea se dijo enfadada que ya no sentía nada por los besos de Toby. Era culpa de Clay.

¿Cómo podía ella pensar en tener un futuro con Toby cuando no podía dejar de recordar todo el tiempo que había compartido con Clay? Recordaba cada caricia y cada mirada, y lo bien que lo habían pasado juntos antaño. Pero no podía permitirse el lujo de engañarse de nuevo.

Andrea giró la cabeza y miró a Clay, que estaba sentado a su lado en el coche.

–Ahora pareces mucho más dispuesto a cumplir con las citas que hace unos pocos días –observó ella.

–¿No lo pasas bien? –preguntó Clay, tras detener el coche en el aparcamiento y apagar el motor.

–Sí –admitió ella. Por desgracia, lo pasaba demasiado bien. Tenía que sacarse a Clayton Dean de la cabeza, se dijo–. Pero no hace falta que agotemos todas las citas en una semana.

–¿Prefieres que me quede en mi barco jugando solitarios cada noche mientras tú sales con Haynes?

–No. Podrías visitar a tus padres. Tu padre pregunta por ti a diario. Llevas aquí trece días, Clay, y aún no los has llamado.

Clay puso gesto serio. Abrió la puerta del coche y salió primero para ayudarla a salir. La calidez de su contacto la estremeció. Andrea intentó soltarse, pero él no la dejó. Caminaron de la mano por la acera. Eso no estaba bien. Nada bien, se dijo ella.

Un carruaje de caballos blancos decorado con flores blancas, como los de los cuentos de hadas, los esperaba al final de la manzana. El conductor los saludó con su sombrero de copa.

–Buenas noches, señorita Montgomery, señor Dean, suban.

Andrea subió y se detuvo en seco. Había una rosa color melocotón en su asiento. Aquel tono, del color de amanecer, siempre había sido su favorito. ¿Habría comprado Clay la rosa? ¿O era una pura coincidencia, parte del paquete estipulado? ¿Y la hielera con champán que había en el banco opuesto? ¿Sería cosa de Clay? Prefirió no imaginar a Clay teniendo detalles bonitos con ella.

Andrea tomó la flor y se acomodó en el asiento de cuero, mirando hacia los caballos. Clay se sentó a su lado, demasiado cerca. Pasó un brazo alrededor de los hombros de ella, tocando la piel que el vestido de tirantes dejaba al descubierto. Había sido un error ponerse ese vestido, se dijo ella.

El conductor descorchó la botella de champán y sirvió dos copas. Se las tendió y tomó las riendas. El carruaje se puso en marcha.

—Por el pasado y por el futuro —brindó Clay, levantando su copa.

El carruaje, la flor y la bebida, combinados con el traqueteo de los caballos, hicieron que el corazón de Andrea se sintiera como en una montaña rusa. No podía permitirse caer otra vez bajo el embrujo de Clay.

¿Qué mejor manera de romper el encanto que intentar averiguar por qué la había dejado? Andrea necesitó otra copa de champán y quince minutos para encontrar el valor necesario.

—¿Qué hice para que me dejaras? —preguntó ella al fin, cuando su paseo estaba cerca de terminar.

—Nada —respondió él, mirándola.

—Vamos, Clay, los dos sabemos que eso no es cierto.

—Andrea, no fue por ti.

—Entonces, ¿por qué? —inquirió ella con desconfianza.

—Déjalo.

—No puedo —respondió ella. No pensaba hablarle de todos los hombres que la habían dejado desde que él se había ido. No necesitaba su compasión—. Si tuviste algún problema o una de las peleas que solías tener con tu padre, podrías habérmelo contado.

—¿Él nunca te dijo nada? —preguntó él, desviando la mirada.

–Ni una palabra. Por eso sé que yo fui la causa de que te fueras.

–Maldición, no es cierto.

–Entonces, cuéntame cuál fue la causa. Ese día, ni siquiera sabía que habías regresado de Nueva Orleans y, cuando me enteré de que habías estado en la oficina, ya te habías ido. Clay, ¿cómo pudiste pasar por delante de mi despacho sin ni siquiera detenerte a decirme hola o adiós?

–No puedo explicártelo –contestó él, sin mirarla.

Andrea no había contado con que, una vez que ella se había armado con el valor suficiente para hacerle esas preguntas, Clay se negaría a responder.

–¿Acaso te levantaste por la mañana y sin más decidiste que querías empezar de nuevo lejos de aquí?

Cuando Clay la miró, Andrea se sobresaltó al ver tanta tristeza en sus ojos. Escondían mucha agonía, y secretos. La causa de su marcha debía de ser demasiado horrible como para compartirla con ella.

–Andrea, no fue por ti. Aunque no creas nada más de lo que te diga, cree esto.

Andrea quería creerlo. De veras. Pero el silencio de Joseph acerca del asunto le parecía la prueba de que Clay estaba mintiendo.

–Solías confiar en mí, Clay.

–Solía confiar en mí mismo –replicó él, sin mirarla.

Las palabras de Clay la dejaron anonadada. Pensó que igual él había conocido a otra persona y había decidido desaparecer, dejándola a ella anclada en el pasado.

Clay se sintió acongojado al ver tanto dolor en los ojos de ella. Hizo varios intentos de iniciar una conversación, sin éxito.

Cuando llegaron a casa de Andrea después del paseo, ella se quitó el chal blanco y dejó los hombros al descubierto, con un vestido de tirantes negro y blanco. No llevaba sujetador ni tenía ninguna marca del bronceado en su piel color miel. El escote de su vestido hacía resaltar sus pechos. A Clay se le hizo la boca agua sólo de verla.

Andrea cerró las persianas. Miró a Clay.

—¿Ella era mejor que yo en la cama?

—¿Qué? —preguntó él, sorprendido.

—Dijiste que solías confiar en ti. Eso significa que debiste de conocer a alguien en Nueva Orleans. Alguien que te tentó y te resultó más excitante que yo. Alguien capaz de ofrecerte más cosas que yo.

—¿De dónde has sacado esa loca idea? No hubo otra mujer, Andrea.

—Claro que sí. Si no, no te habrías ido de esa manera. Sé lo mucho que Yates Dean significaba para ti. Pero no quisiste pasarme a la otra mujer por delante de las narices. Por eso te fuiste. No era necesario que lo hicieras, Clay. Yo lo hubiera soportado si me hubieras contado la verdad.

¿Cómo podía Andrea pensar que él era capaz de amar a otra mujer más que a ella? Clay se acercó a ella y la agarró los brazos. Su piel era muy suave. Sabiendo que no debía hacerlo, pero sin poder controlarse, la acarició desde los hombros hasta las muñecas.

—Te equivocas. Mucho. Lo nuestro era muy bueno. Pero no fue suficiente para hacerme olvidar… –comenzó a decir Clay, y se interrumpió. Su relación con Andrea no había sido suficiente para hacerle olvidar la infidelidad de su padre y el miedo a que él pudiera acabar haciendo lo mismo. No podía explicárselo–. No fue suficiente para hacer que me quedara.

—Es obvio –dijo ella, encogiéndose.

Andrea intentó apartarse, pero Clay la sujetaba con fuerza. Él no podía encontrar las palabras adecuadas para convencerle de que el problema no había sido ella. Así que recurrió a la única herramienta que tenía: la pasión que aún vibraba entre ellos. E hizo lo que había querido hacer desde que la había recogido en su casa hacía tres horas. Lo que había querido hacer desde que ella le había comprado en la subasta hacía dos semanas. La besó.

Andrea no respondió al primer beso. Pero, con el segundo, se suavizó y, con el cuarto, lo abrazó por la cintura y le dio la bienvenida con su lengua. Clay levantó la cabeza un momento, para tomar aliento.

Andrea estaba muy excitada. Su respiración se había acelerado y sentía el pulso latiéndole como loco en el cuello. Clay le quitó uno de los pasadores que llevaba en el pelo y su cabello dorado le cayó en cascadas sobre los hombros, rozando las manos de él como si fuera seda.

Clay creyó no poder soportar la velocidad con que le estaba latiendo el corazón. ¿Cómo podía sentir tanta pasión por ella, incluso más que cuando habían sido novios? Pero así era. El deseo lo atravesaba, al punto de hacerle olvidar las buenas maneras. Sintió ganas de echarla sobre el sofá y lanzarse sobre ella como si fuera un barco pirata al abordaje. Deseaba tocarla, saborearla y entrar en ella hasta que los dos estuvieran demasiado débiles como para moverse.

Clay le acarició los labios con el pulgar y luego le recorrió la espalda con las manos una y otra vez. Andrea tembló. El deseo se reflejaba en sus pupilas. Él respiró el aroma de su aliento. Y tuvo que besarla de nuevo, una y otra vez.

El sentido común le dijo a Clay que debía ir más despacio y considerar las consecuencias de sus acciones, pero no podía. Después de años de negarse la persona que realmente amaba, la pasión estaba estallando como una olla a presión. Acarició los pechos de Andrea por encima del vestido, saboreando los gemidos de placer que ella emitía.

Entonces, Clay descubrió dónde estaba la cremallera, en la espalda del vestido, y la bajó. Metió las manos por debajo de la tela para encontrarse con su piel, suave como la seda. La agarró de los glúteos y la apretó contra sí.

Los pechos de Andrea se aplastaron contra el torso de él. Ella le levantó la camisa y le acarició la espalda, haciéndolo estremecer ante el contacto.

Aquello no tenía nada que ver con Haynes, se dijo Clay, ni con ninguna competición. Quería hacer el amor con la mujer que nunca había olvidado.

Si sus sentimientos por Andrea no habían menguado después de ocho años sin verse, entonces nunca lo harían. Quizá él no había heredado la debilidad de su padre. Sin duda, ella merecía lo mejor y, si duda también, él podía ofrecerle más estabilidad que Haynes.

Cuando Andrea le mordisqueó la mejilla, Clay tembló. Si hacía el amor con ella esa noche, no volvería a abandonarla. ¿Cómo podía persuadirle de que le diera una segunda oportunidad? Y, si lo conseguía, ¿estaría ella dispuesta a pagar el precio? No podrían vivir allí y dirigir Yates Dean juntos, como habían planeado hacía ocho años. Tendría que convencerle de que se fuera con él a Florida, sin contarle por qué no podían quedarse en Carolina del Norte.

Eso podría ser la parte más difícil.

Revisitar el pasado siempre era un error. Aquella noche, Andrea se dijo que, si se iba a la cama con Clay, se daría cuenta de que lo había idealizado y había exagerado su magia.

De pronto, recordó la advertencia de Holly. ¿Acaso estaba inventando excusas para justificar lo injustificable? ¿Era un error acostarse con él?

No. Clay era como una resaca de la que ella no parecía poder recuperarse. Y los hombres de Yates Dean aseguraban que la única cura para una resaca era el alcohol.

Andrea entrelazó sus dedos con los de él y lo guió escaleras arriba.

No estaba segura de que quisiera hacerlo. Pero ya lo había intentado todo en los últimos ocho años y no había conseguido quitárselo de la cabeza, así que sólo le restaba jugarse esa última carta.

–Debemos hacer esto si queremos dejar atrás el pasado –dijo ella.

–¿Debemos?

–Debemos –afirmó ella, y comenzó a desabotonarle la camisa.

Andrea le acarició el pecho desnudo y bajó la mano hasta los pantalones de él, tocando su erección. Clay dejó escapar un silbido, le agarró la mano y se la subió, haciéndole recorrer su vientre, hasta su pecho. Ella sintió cómo le latía el corazón, a toda velocidad. Él le besó los nudillos, la muñeca, el brazo.

Mareada de sentir tanto deseo, Andrea tomó aliento y guió a Clay hasta el santuario de su dormitorio. La luz de la luna de colaba por las ventanas, iluminando su habitación. Nunca antes había compartido esa habitación con ningún hombre.

Ni siquiera con Toby.

Toby. Su futuro. Toby, el hombre que había sido increíblemente comprensivo cuando ella se había negado a ir más allá en su relación. Aunque parecía que se le estaba empezando a acabar la paciencia.

Clay le acarició los costados y alrededor de los pechos. Y Andrea dejó de pensar en Toby. Se le endurecieron los pezones. Necesitaba con toda su alma que Clay la tocara.

–Por favor.

–¿Por favor, qué? –preguntó él en voz baja–. ¿Esto? –dijo, acariciándole los pezones con los pulgares–. ¿O esto? –añadió, tomándolos entre sus dedos.

–Las dos cosas –respondió ella, y se mordió los labios.

Clay le acarició los pechos y la besó en el cuello, haciendo que a ella le temblaran las piernas.

Cuando él apartó las manos, Andrea abrió la boca para protestar, pero Clay la detuvo, besándola en los labios. Fue un beso profundo y apasionado, que desenterró memorias y sentimientos muy antiguos.

No, no, no. Se suponía que tener sexo con Clay no tenía que ser tan bueno, se dijo ella.

Pero era delicioso. El deseo la poseyó como un remolino en el vientre expandiéndose en todas direcciones.

La espalda y la cintura caliente de Clay no le resultaban familiares. Tenía músculos que ella no recordaba. Lo mismo pasaba con su pecho. Era diferente. Pero su sabor… Eso no había cambiado.

Clay la acariciaba con seguridad y determinación. Entonces, la soltó y dio un paso atrás, dejando unos centímetros entre ellos. Andrea se obligó a abrir los ojos y se dio cuenta de que él le había quitado el vestido. La tela cayó al suelo, acariciándole las piernas, junto a la camisa de él.

Cuando se acercó a ella de nuevo, ambos cuerpos se fundieron. Pecho con pecho.

Andrea se esforzó en recordar su plan. Intentó buscarle fallos a su amante.

Nada, no encontró ninguno.

Tenía que seguir buscando.

Le desabrochó el cinturón del pantalón y le bajó la cremallera. También le bajó los calzoncillos y contuvo el aliento. Su tamaño y su grosor no había sido una memoria idealizada por el tiempo y la distancia. Ninguno de los pocos amantes que había tenido después de él lo superaba. Maldición.

Ella lo rodeó con sus manos, acariciando la carne caliente hacia arriba y hacia abajo.

—El preservativo —rugió él, y le detuvo la mano.

Andrea cayó entonces en la cuenta de lo que estaba a punto de hacer. Titubeó. Dormir con Clay podía ser lo correcto o podía ser muy, muy equivocado. ¿Se atrevía a correr el riesgo? Tenía que hacerlo. El resto de su vida estaba en juego. No podía seguir viviendo en el limbo.

—En el cajón de arriba. El la mesilla de la derecha —dijo ella.

Clay se quitó los zapatos y el resto de la ropa y Andrea se quitó los tacones. Al hacerlo, perdió altura y se sintió más pequeña y vulnerable. Apenas le llegaba a él a la barbilla con la cabeza. Se le secó la boca y su pulso se aceleró aún más.

Clay la agarró por los glúteos, inclinó la cabeza y le devoró la boca mientras la guiaba hacia atrás, hacia la cama. Él apartó la colcha y, haciendo una pausa, miró a su amante.

La luz de la luna iluminaba la habitación, pero el rostro de Clay estaba en la penumbra. ¿Le gustaría a él lo que estaba viendo?, se preguntó Andrea. Deseaba que se arrepintiera por haberla dejado.

Sacó pecho y los ojos de Clay se clavaron en sus senos. Él era el tipo de hombre al que le encantaban los pechos. Había pasado horas adorando los de ella, besándolos y acariciándolos.

–Hermosa –dijo él, y le acarició un pezón.

Luego, Clay bajó con su dedo hasta el ombligo de ella y hasta el elástico de su ropa interior. A Andrea se le puso la piel de gallina de excitación. Él jugueteó con su pubis rizado, llegó hasta su parte más húmeda. Una insoportable excitación se despertó dentro de ella. Se apretó contra él, pidiendo más. Pero él sólo quería darle un aperitivo de lo que estaba por llegar.

Clay se arrodilló, frotó su rostro en la entrepierna de ella e inhaló con fuerza. Andrea cerró los ojos al recordar cómo él solía hacer lo mismo hacía años. Con suavidad, él le bajó la ropa interior, despacio.

Si aquello era un error, era demasiado tarde para dar marcha atrás. Cada célula del cuerpo de Andrea le estaba pidiendo más. Le rodeó el cuello con los brazos y levantó los pies, uno por uno, para liberarse de la ropa interior. Clay levantó la vista hacia ella, pero Andrea no le pudo ver los ojos, no pudo comprobar si había en ellos tanto deseo como el que ella sentía.

Con impaciencia, Andrea alargó la mano hacia la mesilla y encendió la lamparita de noche. Pero, antes de que ella pudiera ver su expresión, Clay bajó la cabeza y la enterró en su entrepierna. La tomó de las caderas y le hizo sentarse en la cama.

Andrea se sentó, pues sus piernas estaban a punto de doblársele de todos modos. Clay le acarició con la punta del dedo. Ella gimió, pidiendo más. El aliento de él se acercó a su parte más íntima.

No era bueno que se sintiera tan bien, se dijo Andrea, mientras se aferraba a las sábanas y echaba la cabeza hacia atrás. Levantó un poco las caderas, rogándole a su amante en silencio que saciara su deseo.

Clay subió las manos hasta los pechos de ella. Oh, era demasiado bueno, pensó Andrea. Estaba demasiado cerca del clímax. Arqueó la espalda y contuvo el aliento. Entonces, él levantó la cabeza. Frustrada y decepcionada, ella se hundió en el colchón con un gruñido.

Clay abrió el cajón de la mesilla y encontró el preservativo. Se lo puso y se colocó sobre ella, haciendo que abriera las piernas. Encontró la entrada y se introdujo en ella en profundidad. Andrea lo rodeó con sus brazos y sus piernas, apretándolo contra sí, saboreando todas las sensaciones que la recorrían.

Andrea no había olvidado lo bien que se sentía cuando la penetraba, lo profundo de su contacto y lo bien que sus cuerpos encajaban. Clay entró y salió una y otra vez, más hondo en cada arremetida, más deprisa. El tiempo no había cambiado lo rápido que él conseguía hacerle llegar a la cima. El orgasmo llegó con la fuerza de cinco huracanes. Ella le arañó la espalda y ahogó su grito de placer ocultando la boca en los hombros de él.

Pero Clay no había terminado. Le besó los pechos y los lamió, despertando en ella otra oleada de deseo. Se enterró dentro de ella y siguió besándola como si nunca pudiera saciarse. Entonces, Clay se puso tenso y gritó el nombre de ella mientras llegaba al clímax, haciendo que ella tuviera otro orgasmo.

Él se incorporó un poco sobre los codos, encima de ella. Sus cuerpos continuaron fundidos, sus alientos entremezclados.

Mientras Andrea luchaba por calmar su respiración, un pensamiento repentino la conmocionó.

Clay no la había decepcionado. Ni un poco.

Maldición.

Capítulo Siete

Un timbre despertó a Clay. Abrió los ojos y se encontró en la habitación de Andrea. Los recuerdos de la noche anterior lo asaltaron y el deseo volvió a incendiar su cuerpo. Por primera vez en ocho años, tenía claro cuál era su lugar en el mundo. La cama de Andrea.

Clay volvió la cabeza y encontró a su lado el rostro ruborizado de Andrea. Ella se puso tensa y maldijo, haciendo que la sonrisa de él desapareciera. Lo miró con pánico y se tapó con las sábanas.

–Dios mío, Dios mío, Dios mío –repitió ella, tras saltar de la cama, camino del baño.

–¿Todo bien? –preguntó él, incómodo.

–Estás aquí. Me quedé dormida. No, no está todo bien –repuso Andrea, atándose la bata. El timbre de la puerta sonó de nuevo–. Nada bien.

Andrea salió del dormitorio y bajó las escaleras. Clay oyó cómo abría la puerta principal y hablaba con alguien.

Él se sentó en la cama, se pasó la mano por el cabello y se levantó. Buscó sus ropas y se vistió. Si tenía suerte, podría llegar a su yate sin que nadie lo viera, afeitarse y cambiarse de ropa. No quería que Andrea se convirtiera en objeto de los cotilleos en la empresa, pero antes o después los empleados de Yates Dean descubrirían que estaban juntos. Por la reacción que Andrea había mostrado esa mañana, pensó que ella iba a necesitar un poco de tiempo para hacerse a la idea.

Clay abrió el armarito del baño y se lavó la boca, mientras cavilaba sobre el descubrimiento que había hecho la noche anterior. Se había enamorado de Andrea de nuevo. Quizá, nunca había dejado de amarla. En cualquier caso, estaba decidido a no dejarla escapar. Lo único que tenía que hacer era convencerle de que se fuera con él a Miami.

Clay bajó y siguió las voces hasta la cocina. Un niño con cabello moreno estaba sentado a la mesa, dándole la espalda a Clay. ¿Quién era ese niño y qué hacía en casa de Andrea a esas horas?

Andrea se volvió y vio a Clay. Se quedó petrificada con un zumo de naranja en la mano. Con expresión de pánico, su mirada se posó en el niño y luego en él de nuevo. El niño se giró.

Clay abrió la boca para saludar, pero se quedó sin palabras. Tenía delante la imagen de sí mismo cuando era niño. El mismo color de pelo. Los mismos ojos azules. La misma nariz recta. Y tenía la boca igual que Andrea, con sus labios carnosos.

–Clay, debiste esperar arriba –dijo Andrea.

–¿Cómo te llamas? –preguntó Clay al niño, sin poder apartar la vista de él.

–Tim Montgomery. ¿Quién eres tú?

–Clayton Dean –repuso Clay, con el estómago encogido, pensando que podía ser su padre.

–¿El hijo de tío Joseph? –preguntó el niño con el rostro iluminado.

–Sí –respondió él. ¿Tío?–. ¿Cuántos años tienes, Tim?

–Siete.

El corazón de Clay se aceleró aún más. Había salido de Wilmington hacía ocho años, sin mirar atrás, para encontrarse con las consecuencias de su huida. Tenía un hijo.

¿Por qué no se lo había dicho Andrea?, se preguntó Clay. ¿Cómo podía haber mantenido en secreto algo así? Estaba furioso. Más furioso de lo que había estado en toda su vida. Y estaba asustado. Maldición. Tenía un hijo y no sabía nada de niños.

–Andrea me va a llevar hoy al trabajo. Igual puedo trabajar un poco contigo, ¿no? –dijo el niño.

¿Andrea? ¿El niño llamaba a su madre por su nombre de pila? Clay levantó la vista y se encontró con Andrea sonriendo, con ternura y amor. Como una madre. Sintió otra oleada de rabia. Andrea le había negado la oportunidad de amar a su hijo.

–Es junio. ¿Por qué no tienes vacaciones de verano?

–Tim va a un programa que dura todo el año –respondió Andrea en lugar de Tim–. Hoy le toca irse al trabajo con sus padres pero, como mi madre está jubilada y mi padre ha salido de la ciudad en un viaje de negocios, me ofrecí a llevármelo yo.

–¿Qué tienen que ver con esto tus padres?

–Tim es mi hermano –respondió ella, llena de confusión.

¿Hermano? No podía ser, se dijo Clay. El niño era la combinación perfecta de Andrea y él.

–Andrea, ¿podemos hablar arriba? –consiguió decir Clay.

–Claro. Tengo que arreglarme, de todos modos –repuso ella con expresión cauta–. Termina tus cereales, Tim. Enseguida vuelvo y nos vamos.

Clay volvió a mirar al niño, intentando captar todos sus detalles, desde el remolino que tenía en el pelo hasta los dientes que le faltaban, pasando por la raspadura de su rodilla y sus zapatillas de deporte con nudo doble. Sintió un nudo en la garganta. Se había perdido gran parte de la infancia de su hijo, pensó.

Andrea lo precedió hasta su dormitorio. Clay cerró la puerta con llave detrás de ellos.

–¿Qué diablos quieres decir con eso de que es tu hermano? Ese niño es mío.

–No –repuso ella, perpleja.

–Mientes.

–¿Tengo aspecto de tener un hijo? Anoche estuviste lo bastante cerca de mí como para haber descubierto alguna estría o alguna cicatriz –dijo ella, indignada.

–Es mío –repitió él–. ¿Por qué si no pusiste esa cara de pánico cuando lo vi?

–Porque mi pequeño hermano no sabe guardar un secreto. Le contará a todo el mundo que tú estabas aquí esta mañana, antes de que yo estuviera vestida. No me apetece que se sepa en toda la empresa.

–Se parece a mí. ¿Cómo puedes negar que es hijo mío?

–Clay, Tim no puede ser tuyo –repuso ella tras un momento de confusión–. Para empezar, si lo hubiera parido, yo lo sabría. Para seguir, nació en febrero. La última vez que nosotros dormimos juntos fue en el día de Año Nuevo anterior a que te graduaras.

Febrero. ¿Estaba ella mintiendo? No se podía falsificar una fecha de nacimiento, pensó Clay. Entonces, se dio cuenta. Se sentó en la cama, con la cabeza entre las manos.

Había sorprendido a su padre con la madre de Andrea en mayo. Hizo la cuenta y le sumó nueve meses. Maldición. Tim no era su hijo. Era su medio hermano, una consecuencia de la infidelidad de su padre con la madre de Andrea. Tenía que serlo.

–No puedo creer que pienses que sería capaz de esconder a tu hijo de ti –dijo Andrea, y le golpeó en la espalda con una almohada. Estaba enojada.

Clay se dio cuenta de que ella no mentía. No era padre. Era medio hermano del medio hermano de Andrea. ¿Cómo podía ser algo tan retorcido? ¿Lo sabría su padre? ¿Y su madre? ¿Y el padre de Andrea?

–Por favor, vete, Clay. Tengo que vestirme. Voy a llegar tarde y hoy tenemos una entrega. Tengo mucho trabajo.

Una vez más, su padre y la madre de Andrea habían puesto patas arriba el mundo de Clay. Tim era el recordatorio viviente de la infidelidad de su padre. Y no podía contárselo a Andrea. Además, esa vez, no pretendía volver a huir de ella.

Clay tenía que averiguar quién sabía la verdad respecto a los padres de Tim. Eso significaba que tendría que hablar con la madre de Andrea y, aunque preferiría nadar en un río lleno de cocodrilos, tendría que hablar con su padre.

Clay se detuvo en el quicio de la puerta, a centímetros de Andrea. Percibió el aroma de ella y su aliento. A pesar del conmocionante descubrimiento que había hecho esa mañana, no había dejado de desearla ni un momento.

–Hablaremos esta noche –dijo él, y se inclinó para besarla, pero ella se apartó.

–No nos veremos esta noche, Clay. Lo de anoche fue un error. Échale la culpa a la nostalgia o a las hormonas o a lo que quieras. No volveré a dormir contigo. Tengo planes para el futuro y no te incluyen.

Pero Clay no se rindió. Pensaba hacer lo que fuera para que ella cambiara de opinión.

La primera persona a la que Clay vio al entrar en Yates Dean fue a Toby Haynes. El piloto de carreras estaba sentado en la cubierta de su yate, tomando una taza de café.

–Buenos días, Haynes.

–Dean –saludó el otro hombre, recorriendo con la mirada el rostro sin afeitar de Clay y sus ropas arrugadas–. ¿Has dormido poco?

–Te has levantado más temprano de lo habitual –comentó Clay.

–Estoy esperando a Andrea. Habíamos quedado para tomar café esta mañana. Pero llega tarde.

–Llegará enseguida –repuso Clay–. Hoy viene con Tim.

–No me sorprende. A ella le encantan los niños. ¿Y tú cómo sabes eso?

–Disfruta de tu café –dijo Clay, ignorando la pregunta, y siguió caminando hacia su barco.

–Hijo de perra. Nadie puede decir que yo sea un mal deportista –gritó Toby, y levantó su taza a modo de saludo–. Esta ronda la ganaste tú, compañero. Pero no te pongas muy gallito. Volveré para seguir peleando por Andrea.

–Vuelve cuando estés listo para hacer otro pedido de yates Dean –replicó Clay. Su instinto competitivo se había despertado–. Pero Andrea y yo ya no estaremos aquí.

–¿Y eso?

–Yo trabajo en Miami.

–Si crees que ella va a dejar esto para irse contigo, no eres tan listo como yo pensaba –señaló Haynes con una sonrisa–. Andrea no dejará Wilmington ni Yates Dean.

–Te equivocas.

–¿Quieres apostar algo? Porque estoy seguro de que voy a ganar la apuesta.

Andrea sintió una gran presión en el pecho. No iba a poder estar lista a tiempo para la fiesta de la entrega del yate. Respiró hondo. Intentó concentrarse en todos los detalles que tenía que organizar. No era fácil, pues no podía dejar de revivir en su mente las sensuales imágenes de su encuentro con Clay.

El sexo había sido increíble. Si no hubiera sido así, habría echado a Clay de su cama después de la primera vez. Pero después de una larga sesión de deliciosos orgasmos, ella había olvidado todos sus reparos.

Andrea rezó para que los nuevos propietarios no llegaran más temprano de la cuenta. Su yate no estaba ni siquiera en el muelle todavía.

No había tenido tiempo de tomarse una taza de café y su cuerpo le pedía cafeína. Se apretó la cabeza, que le dolía. Entonces, alguien llamó a su puerta y su tensión se incrementó.

–Toby. Buenos días –saludó ella, sintiéndose culpable.

–Buenos días, ángel –saludó Toby, y entró, pero no le dio un beso–. Me voy hoy.

–Pero tienes otra semana más de vacaciones –dijo ella, sorprendida.

–Voy a volver a mis cosas –repuso Toby, encogiéndose de hombros–. Tengo que ayudar a mi compañero de equipo con los coches. Mis chicos se harán cargo del yate.

–Siento que vayas –dijo Andrea, sintiéndose, al mismo tiempo, aliviada.

–Volveré. Seguro.

–Vienen a buscarme –dijo Toby al oír el sonido de un helicóptero–. No le entregues a nadie tu corazón mientras estoy fuera, Andi –añadió, se dio media vuelta y se fue, sin darle un beso de despedida.

Andrea se sentó frente a su escritorio. Su futuro

acababa de escapársele mientras su pasado la esperaba en el muelle. Había esperado ser capaz de aclararse. Pero, en lugar de eso, los últimos días le habían hecho estar más deprimida y más confusa que nunca.

No amaba a Clay, se dijo. Y nunca volvería a amarlo. Y, al mismo tiempo, dudaba muy seriamente ser capaz de amar a otra persona.

Entonces, Clay entró en su despacho con una taza de café en la mano.

–¿Qué quieres ahora? –preguntó ella, malhumorada.

–Ten cuidado –dijo él, y le tendió la taza–. Es café de Nueva Orleans. Más fuerte que el de aquí.

¿Cómo sabía él que necesitaba su dosis de cafeína? De inmediato, Andrea se recordó a sí misma que habían compartido muchas mañanas en el velero de Clay y que era obvio que él supiera que no podía empezar el día sin un café.

–Gracias –dijo ella tras darle un trago al café, que le supo a gloria.

–De nada. ¿Te importa si le enseño El expatriado a Tim?

–Seguro que le encantará.

–Puedo ocuparme de él hasta que sea la hora de la fiesta, si te sirve de ayuda –se ofreció Clay.

–Sería genial –repuso ella, pensando que preferiría que Clay no fuera tan amable.

***

Andrea miró a su alrededor para asegurarse de que nadie podía oírla y marcó el número de su amiga en el móvil. Los nuevos propietarios estaban a punto de llegar y tenía los nervios de punta.

—Habla Holly —respondió su amiga al otro lado de la línea.

—He metido la pata —susurró Andrea.

—Ay, Andrea, ¿qué has hecho?

—Me acosté con Clay —confesó ella, y se quedó un momento en silencio—. Vamos, dilo.

—Soy demasiado buena amiga como para decirte que ya te lo advertí. ¿Por qué lo has hecho?

—Me pareció lógico en el momento. Esperaba que el sexo fuera decepcionante, como un jarro de agua fría.

—Y no lo fue.

—No. Fue bueno. Mejor de lo que recordaba —respondió Andrea, y se le puso la piel de gallina—. Maldición.

—¿Aún lo amas?

—No, cielos, no. ¿Estás loca? ¿Cómo iba a amar a un hombre que me lastimó de ese modo? Tendría que ser una idiota para volver a caer en la misma trampa.

—¿Y qué pasa con Toby?

—Se ha ido. Se fue hace una hora. Dijo que volvería, pero tengo la sensación de que no lo hará. Ni siquiera me dio un beso de despedida. Holly, lo he hecho de nuevo. Me he cargado otra relación prometedora.

—Sé que no quieres escuchar esto, pero te aguantas. Juliana y yo pensamos que Toby sólo quería seducirte. Después de que hubieras dormido con él, se habría ido navegando para nunca volver.

–Creo que te equivocas, Holly. Mi relación con Toby ha durado años.

–Quieres decir que ha estado jugando contigo como el gato con el ratón desde hace años.

El sonido de la sirena de un barco sobresaltó a Andrea, que casi dejó caer el móvil al suelo. Se giró hacia los muelles y vio cómo el equipo maniobraba para colocar el nuevo yate en su lugar, listo para la entrega. Tim tocaba la sirena en el puente de embarque. El niño sonreía como loco. Ella lo saludó con la mano y Clay entró en su campo de visión, poniéndose junto a Tim.

Entonces, a Andrea se le encogió el estómago. Clay se parecía a Tim. Aquel pensamiento la dejó sin respiración. ¿Cómo podía ser? No era posible. Era una simple coincidencia.

–Holly, ¿podemos quedar a comer un día de éstos? Quiero que me cuentes cómo te va con Eric. Sigo pensando que hiciste trampas al comprar al hermano de Juliana en vez de al que te habíamos elegido, pero puede que Octavia tenga razón. Puede que Eric sea el hombre adecuado para ti. Los opuestos se atraen, después de todo.

–Cállate, Andrea Montgomery. Aquel artículo era una patraña y te aseguro que voy a estrangular a Octavia por haber escrito una cosa así. Eric es un amigo. Eso es todo. Por muy guapo que sea.

–Así que admites que es guapo –dijo Andrea,

mientras la recepcionista le hacía una seña–. Holly, tengo que irme. Los nuevos propietarios de uno de nuestros barcos están aquí y Tim también. Hoy será un día muy ocupado.

–Sobre todo, si no has dormido. Andrea, no te metas en más líos. Clay no va a quedarse. Recuérdalo.

¿Cómo iba a olvidarlo?, se dijo Andrea. Clay la dejaría igual que la última vez.

Elaine Montgomery tenía un aspecto elegante y juvenil con su pelo rubio suelto y su traje de chaqueta.

–¿Holly y Juliana no van a reunirse con nosotras esta noche? –preguntó su madre al sentarse frente a Andrea en el restaurante donde habían quedado.

–No. Están ocupadas con sus solteros. ¿Y Patricia?

–Está pegada a Joseph como el sello en un sobre. Yo esperaba que Clay se hubiera quedado un poco con su padre y le hubiera dado un respiro a Patricia, ella no aceptaría a nadie más para sustituirla.

–Estoy intentando convencer a Clay, pero él se niega a hablar con su padre y no me quiere contar por qué –explicó Andrea.

El camarero se acercó a la mesa para anotar su pedido y Andrea reparó en la tensión dibujada en el rostro de su madre.

–¿Está todo bien?

–Claro –dijo su madre con una sonrisa forzada–.

Y, antes de que me olvide, quería agradecerte que llevaras a Tim contigo hoy. Lo pasó muy bien. Lo he dejado en casa contándole a tu padre lo bien que lo pasó allí y con Clay. Creo que ha encontrado un nuevo héroe. Por cierto, ¿qué tal con Clay?

–Se desenvuelve en Dean como un profesional. Joseph estaría orgulloso de él.

–¿Pero?

¿Por dónde empezar?, se preguntó Andrea. ¿Por la equivocación que había cometido al dormir con él o por la extraña acusación que Clay le había dirigido?

–¿Quién hay en tu familia con el pelo moreno? –preguntó Andrea.

–¿Por qué? –preguntó su madre, levantando la mirada de forma abrupta.

–Porque Clay pensó que Tim era hijo suyo –replicó Andrea–. Como si yo fuera capaz de haberle ocultado algo así. Pero él dijo que Tim se le parecía. Y la verdad es que se parecen un poco. Creo que, sobre todo, es por el color de pelo y de ojos. Papá tiene los ojos azules pero, el color del pelo, ¿de dónde viene?

–Estoy segura de que hay más parientes morenos en la rama de tu padre, pero ahora mismo no los recuerdo.

–Entonces, Tim se parecerá a alguno de ellos.

–Sí –dijo su madre–. Tim dice que el coche que vi está mañana en tu casa era el de Clay.

–Sí –repuso Andrea, y se quedó de golpe sin apetito.

–¿Crees que es inteligente salir con él de nuevo?

–No estoy saliendo con él.

–Andrea, su coche estaba cubierto de rocío, como si hubiera pasado allí la noche.

–Sólo quiero superarlo de una vez, mamá. Pensé que, si dormía con él, se rompería el encanto de una vez por todas.

–Oh, cariño, eso nunca funciona –repuso su madre, tocándole la mano.

–¿Tú cómo lo sabes? Conociste a papá en el instituto y has estado con él desde entonces. ¿Por qué yo no puedo encontrar un amor perfecto como el tuyo?

Elaine bajó la mirada y Andrea percibió en ella una honda tristeza.

–El amor nunca es perfecto y yo tuve mi propia vida antes de estar con tu padre.

–Creí que papá había sido tu único amante.

–Harrison fue mi primer amor y es el verdadero amor de mi vida. Cada día mando al cielo mis bendiciones por ello.

¿Primer amor?, se preguntó Andrea. Su padre y su madre habían sido novios desde el instituto. Se habían casado justo al acabar la universidad, igual que ella había planeado hacer con Clay. ¿Cuándo había tenido tiempo su madre para tener otro amante, un segundo amor? Si en algún momento había roto de forma temporal su relación con su padre, nunca lo habían mencionado.

Capítulo Ocho

Clay hizo un alto en su carrera matutina para comprar el periódico del sábado. Después de comprobar el resultado del partido que habían jugado los Marlins, se dirigió a la columna de Octavia Jenkins para ver lo que había escrito sobre ellos.

Clayton Dean parece ansioso por monopolizar a Andrea Montgomery. Según mis fuentes, los antiguos amantes han agotado cuatro de sus siete citas en sólo dos semanas. ¿Será porque Clay teme al sexy competidor por los encantos de Andrea o porque las viejas cenizas no están tan frías como dicen? Según hemos averiguado, la pareja no sólo ha compartido algunos atardeceres, sino también un par de amaneceres.

Andrea iba a querer matarlo. Ese artículo iba a gustarle mucho menos que el anterior, se dijo Clay, y siguió corriendo.

Se había propuesto descubrir más cosas sobre la paternidad de Tim. Como aún no se sentía preparado para enfrentarse con su padre, sólo le quedaba Elaine Montgomery. Clay pretendía arrinconarla lo antes posible y tenía la excusa perfecta. Tim se había dejado en el yate su consola de videojuegos el día anterior.

Dos horas más tarde, Clay llamó a la puerta de los Montgomery. Elaine abrió la puerta. Sus ojos, castaños como los de Andrea, brillaron con una mezcla de sorpresa y miedo.

–Clayton. Me alegro de verte –mintió ella.

–¿Puedo pasar? –preguntó él, ocultando la tensión que sentía–. Tengo el aparato de videojuegos de Tim.

–Tim y su padre se han ido a pescar. Yo se la daré cuando regrese. Gracias por traerla –repuso Elaine, y trató de agarrar la maquinita.

–¿Su padre? –preguntó él con sarcasmo.

–Entra –dijo ella, con el rostro tenso y pálido. Elaine lo guió hasta el cuarto de estar.

–¿Quieres algo de beber?

–¿Lo sabe mi padre? –preguntó él a su vez. No estaba de humor para cortesías.

–¿Saber qué? –replicó ella, fingiendo ignorancia, nerviosa.

–No juegues conmigo, Elaine. Tim es hijo de mi padre.

–Estás equivocado –afirmó ella, levantando la barbilla–. Harrison es el padre de Tim, en todos los sentidos. Su nombre está en el certificado de nacimiento.

–Eso le hace responsable de Tim ante la ley, pero el niño lleva los genes de los Dean.

Elaine abrió la boca para hablar, pero Clay la cortó.

–No pierdas tiempo con mentiras. Quiero saber quién lo sabe y por qué mi padre no hizo nada.

–¿Y qué quieres que hiciera él? ¿Forzarme a abortar? ¿Divorciarse de tu madre, la mujer a la que amaba con toda su alma, y destruir dos familias por la posibilidad de que Tim fuera suyo? –le espetó Elaine.

¿Qué derecho tenía ella a enojarse?, se dijo Clay. Era Elaine quien le había arruinado la vida a él y no al revés.

–No somos perfectos, Clay. Ninguno de nosotros. Y eso te incluye –afirmó ella, y se dejó caer en una silla–. Todos cometemos errores. No culpes a tu padre por esto. Fue culpa mía.

–Para hacer lo que hicisteis, hacen falta dos.

–No lo entiendes.

–Entonces, explícamelo. ¿Cómo pudiste traicionar a tu esposo y a tu mejor amiga? ¿Cuánto tiempo duró la aventura?

–Sólo pasó una vez –respondió ella tras unos segundos–. Tu padre y yo nos arrepentimos de inmediato. Él sabía lo mucho que podía costarle nuestro egoísmo y juró que nunca volvería a pasar. Lo que viste ese día nunca debió haber sucedido.

–Si amabas tanto a tu marido, ¿por qué te arriesgaste a tener una aventura?

–Porque hace mucho tiempo, estuve enamorada de tu padre –confesó Elaine con tristeza–. Luego, él conoció a mi mejor amiga y, desde aquel momento, no tuvo ojos para nadie más.

Sorprendido, Clay se dejó caer en el sofá. Sus padres nunca le habían contado es historia.

–Te casaste con otro hombre.

–Sí, y amo a Harrison, pero no era el mismo amor que sentía por tu padre. Nunca se olvida al primer amor. Por eso, tú nunca olvidarás a Andrea ni ella a ti. Cuando llegué a los cuarenta, empecé a preguntarme qué me había perdido por no haber sido amante de su padre cuando había tenido la oportunidad. Fui una estúpida por centrarme en lo que podía haber sido cuando lo tenía todo. Un marido que me adora. Una hija maravillosa. Una casa de un millón de dólares. Y… –comenzó a decir, y se interrumpió un momento–. Seduje a tu padre, Clay. Yo tenía cuarenta y siete años. Nunca pensé que pudiera quedarme embarazada. Cuando el médico me dio la noticia, me alegré mucho. Tardé un tiempo en caer en la cuenta de que no sabía quién era su padre. Podría haber sido cualquiera de los dos. Tuve un embarazo difícil desde el comienzo, así que dejé el trabajo. Y fue un alivio, la verdad, porque eso me evitaba tener que ver a Joseph cada día. Estaba más preocupada por la salud de mi hijo que por su ADN. Cuando Tim nació, fue como una bendición. No fue hasta su tercer cumpleaños en que me di cuenta de que sus ojos y su cabello se parecían a los de tu padre.

Muy a su pesar, Clay sintió un poco de compasión por ella.

–¿Lo sabe mi padre? ¿Y tu marido?

–Nunca me lo han preguntado y yo nunca se lo he dicho.

–¿Cómo puede la gente mirar a Tim y no darse cuenta del parecido?

–Tim se parece mucho a mí también. Y, además, el amor es muy poderoso. Puede hacerte ignorar lo obvio. De hecho, nadie sabe seguro quién es el padre de Tim.

–¿Sabe tu esposo que le fuiste infiel? ¿Y Andrea?

–No. No era posible dar marcha atrás. Y tampoco iba a volver a repetirse. Al contárselo, sólo hubiera logrado entristecerlos. Así que no lo hice. Harrison adora a Tim. Nunca haría nada para separarlos.

Clay pensó que lo mismo le pasaba a él. No podía contarle a Andrea por qué se había ido.

–Amo a tu hija.

–¿Sí? –preguntó Elaine con escepticismo.

–No me iré de Wilmington sin ella esta vez.

–Si la amaras lo suficiente, no la habrías dejado atrás la última vez.

Clay tragó saliva ante el ataque inesperado.

–Y si amaras a tu padre, lo perdonarías por no ser perfecto y dejarías de castigar a tu madre por algo que no fue culpa suya –continuó Elaine.

Clay no pensaba dejar que esa mujer le diera lecciones. Se levantó y se dirigió a la puerta.

–Tú eras lo más importante en la vida de Patricia, Clay. Puedes odiarme a mí si quieres, pero ella no merece lo que la hiciste. Y Andrea, tampoco.

Clay la miró, abrió la puerta y salió. La verdad era dolorosa.

***

Andrea recopiló los documentos necesarios y bajó hasta el muelle. Tenía una reunión de trabajo con Clay. Llevaba pantalones y botas de goma. No más faldas cortas ni zapatos de tacón. Ya había cumplido su misión. Había conseguido que Clay la deseara. Pero le había salido el tiro por la culata porque ella también lo deseaba.

Gracias al último artículo de Octavia, Andrea estaba de un humor de perros. Subió al yate de Clay y llamó a la puerta de cristal de la cabina con más fuerza de la necesaria.

Con un gesto, Clay la invitó a entrar.

–Siéntate. ¿Has traído la lista de futuros clientes?

Andrea depositó los papeles frente a él y se sentó en la silla más alejada.

–Los Langford nos visitarán mañana para encargarnos un pesquero deportivo de setenta pies de eslora. Los Richardson vendrán el viernes. No están seguros de qué modelo quieren, pero pueden permitirse cualquier cosa.

Clay echó un vistazo a los papeles y los apartó.

–He hecho reservas en el asador Devil's Shoals para mañana por la noche.

–No.

–¿Qué quieres decir?

–Los empleados me miran con compasión por culpa del artículo de Octavia. No saldré contigo. No quiero que piensen que soy tan estúpida como para volver a enamorarme de ti.

–Nos quedan tres citas.

–Como soy quien hizo la compra, tengo derecho a cancelar el acuerdo. Eso es lo que estoy haciendo.

–¿Y la publicidad?

–Olvídalo. Prefiero no tener publicidad antes que pasar por esto.

Clay acarició la pluma que tenía en las manos, igual que había acariciado los pezones de ella la noche anterior. Andrea se sonrojó y apartó la mirada, sintiendo una súbita oleada de deseo.

–Mi madre me ha invitado a cenar –dijo Clay con calma.

–Eso está muy bien.

–No quiero ir solo.

–Estoy segura de que alguien podrá acompañarte –dijo Andrea, tensa.

–Sólo iré si tú vienes conmigo.

–No seas ridículo. Tus padres quieren verte a ti, no a mí.

–Bien. Les diré que no puedo.

Andrea apretó los puños. Se había prometido hacer cualquier cosa para reunir a Clay y a Joseph de nuevo. Ir a cenar sería una buena forma. Con un poco de suerte, podría mantenerse más distante que la noche anterior.

–Bien. Pero no es una cita. Nos vemos allí.

–No hay trato. Me harás ir y tú no irás. Te recogeré a las seis e iremos juntos. Si no, no voy.

–Está bien.

***

A Clay le temblaron las manos al mirar hacia el gran caserón colonial donde se había criado. Si fuera más listo, daría marcha atrás y se iría, se dijo. A pesar de que Andrea estaba sentada a su lado, preciosa con un sexy vestido amarillo, tuvo la intuición de que iba a ser una noche desagradable.

–¿Clay?

Clay parpadeó. Andrea estaba parada a su lado. Ni siquiera se había dado cuenta de cuándo ella se había bajado del coche.

La puerta principal de la casa se abrió y la madre de Clay salió al porche a recibirlos.

No había modo de dar marcha atrás. Había llegado hasta allí. Y no era un maldito cobarde. Aquella noche, estaba decidido a enfrentarse a su padre en el momento en que se quedaran a solas.

Así que abrió la puerta del coche y bajó. Se reunió con Andrea y caminaron hacia la casa.

–Hola, tesoro –saludó Patricia a Andrea, y la besó en la mejilla. Luego, se giró hacia Clay y lo abrazó con fuerza. Tenía lágrimas en los ojos–. Bienvenido a casa.

Clay sintió el aguijón de la culpa mientras recordaba las palabras de Elaine. Su madre no merecía lo que le había hecho.

–Mamá, me alegro de verte.

–Entrad. Llevo todo el día cocinando. He hecho tus platos favoritos, Clay.

Patricia se dirigió al salón, lo que sorprendió a Clay. Su familia siempre había preferido reunirse en el estudio, en vez de la habitación formal que

107

era el salón. Los muebles habían sido movidos a los lados de la habitación y ya no había mesita de café.

Entonces, Clay vio a su padre y se quedó de piedra. Dejó de oír la conversación de su madre y Andrea. El viejo que había en la silla no se parecía en nada al hombre robusto al que Clay había estado maldiciendo durante años.

Su padre esbozó una pequeña sonrisa ladeada, dejando adivinar que tenía paralizados los músculos del lado derecho de la cara. Patricia lo ayudó a levantarse.

—Hola, guapo. He oído que tienes a tus pies a la terapeuta —dijo Andrea a Joseph, abrazándolo.

—Eso intento. No sabes por lo que me hace pasar —repuso Joseph con voz débil.

No tenía nada que ver con el vozarrón que Clay recordaba y sí con cómo lo había oído por teléfono. Entonces, reparó en el andador metálico que había detrás de la silla.

Andrea se echó a un lado pero no se apartó. Sujetaba a Joseph por la cintura mientras el viejo le tendía la mano a Clay.

—Me alegro de tenerte en casa, hijo —dijo Joseph, y los ojos se le llenaron de lágrimas.

—Papá —saludó Clay, sorprendido por la debilidad de su padre, y apartó la mirada.

De pronto, Clay comprendió por qué estaban en el salón. Lo más probable era que su padre no pudiera bajar los tres escalones que llevaban al estudio.

–¿Por qué no te sientas y te pones cómodo? –invitó su madre, señalando hacia la silla que había al lado de la de su padre.

Las dos mujeres intentaron ayudar a Joseph a sentarse, pero él se negó. Se sentó solo, con lentitud.

–Querida, me vendría bien tu ayuda en la cocina –le dijo Patricia a Andrea.

Clay miró a Andrea. Encontró en sus ojos compasión y comprensión.

La puerta de la cocina se cerró detrás de las mujeres. Al fin estaban solos. Clay apretó los puños y respiró hondo antes de encarar a su padre.

Pero no tuvo fuerzas. Era incapaz de desahogar su rabia con el hombre débil que tenía delante. Lo haría más tarde. Cuando su padre estuviera más fuerte, le contaría cómo había destrozado su vida. Por el momento, se limitaría a hablar de algo menos doloroso.

Preocupada por el silencio de Clay, Andrea se giró hacia él, en la puerta de su casa.

–Clay, ¿estás bien?

–No sabía que mi padre estaba tan mal –dijo él con gesto triste.

Andrea había esperado que Clay se sintiera conmocionado y culpable por no haber ido a ver a su padre después del infarto.

Pero, en lugar de sentirse satisfecha por el dolor que él sentía, se compadeció de él.

–Su pronóstico es bueno –dijo Andrea.

–Apenas puede andar. No puede usar su mano izquierda.

–Los cambios físicos mejorarán con la terapia. Ya ha hecho grandes avances.

–¿Ha estado peor que ahora? –preguntó él, pasándose la mano por el cabello.

–Sí. Los médicos dicen que la mayor parte de la recuperación tendrá lugar en los primeros meses y que continuará a un paso más lento a partir del primer año.

–Gracias por acompañarme –dijo él tras un momento.

–De nada. ¿Vas a volver a tu yate ahora?

–Tengo que… pensar. Voy a dar una vuelta en coche –repuso él.

Andrea pensó que no sería seguro que condujera en ese estado. Las calles estaban llenas de turistas que no tenían ni idea de adónde iban. Hacía falta estar muy concentrado para no atropellarlos.

Sin duda, Clay necesitaba consuelo, pero Andrea temía que, si lo invitaba a entrar a su casa, sus hormonas querrían consolarlo en la cama. A pesar de haber cambiado las sábanas y haber perfumado la habitación, él habitaba sus sueños nocturnos. No podía dejar de pensar en él, en su contacto, en la calidez de su aliento y en lo mucho que lo deseaba. Sintió un escalofrío.

–¿Quieres dar un paseo por la playa? –propuso ella.

–Claro –respondió Clay.

Atravesaron la casa de Andrea hasta la playa. Ella se quitó las sandalias. Clay se quitó los zapatos y se remangó los pantalones. La luna bañaba el mar y el calor del día vibraba en la arena. Una brisa balsámica los envolvía, revolviendo sus cabellos.

Caminaron un rato en silencio, muy juntos, como solían hacer en el pasado. Pero sin darse la mano.

–Cuéntame qué pasó –dijo él al fin.

–Joseph tuvo una embolia pulmonar. Eso produjo un coágulo que viajó por el torrente sanguíneo y se alojó en el cerebro, afectando al flujo sanguíneo y dañando algunas células.

–¿Quién lo encontró?

–Yo. Íbamos a hacer la prueba de un barco después del almuerzo. Joseph se estaba retrasando, pero pensé que estaría hablando por teléfono con algún cliente. Cuando al final fui a buscarlo, lo encontré de rodillas en medio de su despacho –explicó ella, sintiéndose culpable–. Si yo hubiera llegado antes...

–No puedes culparte por eso –dijo Clay, tomándola el brazo.

–Joseph nunca llega tarde. Debí haber sospechado algo.

–¿Por qué él no llamó para pedir ayuda?

–No pudo. Perdió el habla. Por suerte, las medicinas que le han estado dando han arreglado eso. Tarda un poco en encontrar las palabras, pero las encuentra y piensa con claridad.

–Lo he visto muy... sensible.

–Otro efecto secundario del infarto es que tiene problemas para controlar sus emociones. Eso también mejorará con el tiempo.

–No podrá volver a trabajar dentro de dos semanas –observó Clay.

–Los médicos dicen que igual sí, pero con sus capacidades mermadas. Necesita tu ayuda, Clay, todo el tiempo que puedas dársela.

–Maldición. Tengo mi propia empresa que dirigir. No puedo quedarme aquí.

–¿No podrías mudar aquí tu empresa? –preguntó Andrea, y se arrepintió al instante, pensando que era mejor para ella tenerlo lejos.

–Voy a volver a Miami. No puedo… quedarme aquí.

Andrea tenía las manos sudorosas y el corazón acelerado. Amaba a Patricia y a Joseph Dean casi tanto como a sus propios padres. Los Dean estarían felices de tener a Clay de vuelta en Wilmington y en Yates Dean. Ella tenía que hacer todo lo que pudiera para convencerlo.

–¿Te quedarías aquí si yo dimitiera? –preguntó ella al fin, tragando saliva.

–Andrea, maldición, ya te he dicho que no eres tú la causa de que yo me fuera.

–Pero tampoco quieres explicarme cuál fue la causa. Así que, hasta que te sinceres conmigo, Clay, tendré que ceñirme a los hechos.

Clay apretó las mandíbulas y frunció el ceño. Durante unos segundos, la miró a los ojos.

–Quiero hablar con su médico –dijo Clay.

Andrea parpadeó ante el súbito cambio de tema y se desinfló.

—Estoy segura de que puede arreglarse. Dile a tu madre que te pida una cita. Y, ya de paso, podrías ofrecerte para cuidar a tu padre de vez en cuando. Patricia no se ha apartado apenas de su lado y necesita tomarse un descanso.

—Hablaré con ella para que contrate una enfermera.

Andrea suspiró. Clay seguía sin querer quedarse con su padre.

Capítulo Nueve

Clay no quería pensar en cómo su padre bebía a través de una pajita, porque no podía beber de un vaso sin mancharse entero. No quería pensar en que tenían que servirle la comida en pequeños pedazos porque no podía manejar un cuchillo. No quería pensar sobre lo que le pasaría a Yates Dean cuando él regresara a Miami. No quería pensar en nada.

Lo que quería y necesitaba era otra noche de sexo para distraerse del dolor que le había provocado volver a ver a su padre. Además, quería seguir intentando convencer a Andrea de que se mudara con él a Miami.

En el camino de cemento que llevaba a su casa, Andrea se detuvo en una de las duchas para quitarse la arena de los pies. Clay acercó sus pies a los de ella bajo el chorro de agua y le acarició el tobillo, el talón, la planta… Ella contuvo el aliento.

–¿Qué estás haciendo?

Clay le tocó la mano, con sus cuerpos separados sólo por unos milímetros.

–Lavándome los pies. Y los tuyos.

–No lo hagas, Clay –rogó ella, sintiendo que su libido estaba a punto de traicionarla.

–¿Hacer qué?

–No me tientes para llevarme a la cama.

–¿Es eso lo que estoy haciendo? –preguntó él con una sonrisa maliciosa.

Andrea dio un paso atrás, poniendo distancia entre ellos, y lo miró a los ojos.

–Sé que estás disgustado. La noche de hoy debe de haber sido difícil para ti, pero no estoy interesada en tener una aventura temporal.

–¿Quién dijo nada de temporal? –dijo él, tras cerrar el grifo del agua.

–Tú. Has dicho que vas a irte.

–Ven conmigo a Miami –pidió él, mirándola a los ojos.

Andrea abrió los ojos como platos. Antes de que pudiera comenzar con su retahíla de objeciones, Clay le tapó la boca con un beso. Al entrar en contacto con sus suaves labios, el deseo lo atravesó. Se apretó más contra ella, tomándola por la cintura.

Quería que Andrea notara su erección. La deseaba mucho. Ninguna otra mujer había sido capaz de producir en él esa respuesta tan inmediata. Si eso no era amor, ¿qué era?

Sus lenguas se entrelazaron con ansiedad. Clay tomó uno de los pechos de ella y le acarició el pezón con el pulgar. Ella gimió y apartó la boca, ofreciéndole el cuello. Él disfrutó saboreándola. ¿Cómo había podido vivir sin ella ocho años?, se preguntó.

–Para –ordenó Andrea, apartándose de pronto.

–¿Parar qué? ¿Esto? –dijo él, y le mordisqueó con suavidad el lóbulo de la oreja–. ¿O esto? –preguntó, y le acarició el pezón con el pulgar.

—La-las dos cosas —balbuceó ella, sonrosada por el deseo.

—Déjame hacerte sentir bien, Andrea.

—¿Para qué? ¿Para que luego puedas volver a lastimarme?

—No te lastimaré, cariño. Confía en mí.

Andrea se soltó de su abrazo y corrió escaleras arriba. Luego, se giró para verlo subir, despacio.

—Ése es el problema, Clay. Ya no confío en ti y nunca volveré a hacerlo —dijo ella, y abrió la puerta de su casa. Recogió del suelo los zapatos de Clay y se los lanzó.

—Vete.

—Andrea…

—Vete, Clay.

De acuerdo, quizá estaba yendo demasiado rápido para ella, se dijo Clay. Le quedaban seis semanas para hacerle cambiar de opinión. Podía permitirse un poco de paciencia.

—Te veré por la mañana.

—No, si puedo evitarlo —refunfuñó ella antes de cerrar la puerta de su casa de un portazo.

Andrea consiguió evitar a Clay durante un día y medio. Aquellas treinta y seis horas a él le parecieron semanas. Se sentía inquieto, no podía disfrutar de su trabajo. Y pretendía poner punto y final a las tácticas evasivas de ella. Entró en su despacho, tomándola por sorpresa.

—Voy a llevar a Tim a pescar esta tarde —dijo él.

—¿Por qué?

—No tenemos nada planeado y Tim dijo el otro día que le encantaba pescar —respondió él.

—Pero Tim está en la escuela.

—Tu madre va a traerlo cuando termine la escuela.

—¿Mi madre está de acuerdo contigo? —preguntó Andrea, parpadeando con incredulidad.

—Sí —repuso Clay, pensando que Elaine no se había atrevido a negarse—. ¿Quieres venir?

—Pero yo…

—No tienes nada en tu agenda para estar tarde —interrumpió Clay—. Le he pedido a Fran que lo compruebe.

Clay se fijó en el traje-pantalón que ella llevaba, todo negro. Si Andrea pensaba que vistiéndose de monja le haría olvidar lo bien que estaban los dos juntos, cuerpo a cuerpo, se equivocaba.

—Eve me dijo además que en el despacho guardas un traje de baño y crema protectora para el sol.

—Clay, no es buena idea. Quizá en otra ocasión…

—Estate en el muelle a las tres o nos iremos sin ti —dijo Clay, se dio media vuelta y se fue.

¿Cómo se había podido dejar convencer?, se preguntó Andrea, en el muelle. Porque no quería que Tim se apegara más a Clay. Clay se iría y Tim sufriría. Así que se embarcó con ellos.

Clay echó el ancla en una pequeña cala en la isla Masonboro. No había ni un alma a la vista, a excepción de algún barco ocasional frente a la orilla.

Clay llevaba pantalones cortos rojos, dejando al

descubierto sus piernas bronceadas y musculosas. Cada vez que pasaba frente a Andrea, se las arreglaba para rozarla, despertándole la libido. Aquel hombre producía un efecto fatal en sus hormonas, se dijo ella.

Tim estaba en la gloria. No había dejado de charlar desde que habían salido del muelle. Y Clay... Andrea se dio cuenta de que no había esperado que Clay tuviera la paciencia de un santo y que respondiera a todas las preguntas de Tim, por muy tontas y repetitivas que fueran. Sería un buen padre, se dijo.

Andrea intentó quitarse el pensamiento de la cabeza. Hacía ocho años, había pensado en Clay como padre de sus hijos. Pero se había equivocado. Y había sido muy doloroso.

Tim ladeó la cabeza y rió por algo que Clay había dicho. Andrea los miró y contuvo la respiración un momento al comprobar lo mucho que los dos se parecían. Pensó que la culpa la tenía Clay por haber pensado que Tim era hijo suyo. Desde entonces, ella no había dejado de encontrar similitudes en los gestos, en la sonrisa, el brillo de los ojos... Se dijo que no era más que fruto de su imaginación.

–Te estás poniendo roja –observó Clay, sacándola de sus ensoñaciones.

–Olvidé ponerme crema protectora –repuso ella, y sacó un tubo de su bolso.

Clay se lo quitó de la mano.

–Yo puedo hacerlo –protestó ella.

–No puedes ponértela en la espalda. Date la vuelta.

No era buena idea. Nada buena, pensó Andrea. Pero Tim la estaba observando y no podía negarse sin parecer grosera. Con reticencia, se giró. Clay se sentó tras ella. Con sus manos grandes y un poco ásperas le recorrió los hombros y ella se quedó sin aliento.

Cuando comenzó a masajearle la espalda, Andrea se maldijo en silencio porque su reacción la traicionaba y se cruzó de brazos para ocultar el endurecimiento de sus pezones. Cuando Clay le recorrió los costados, pasando muy cerca de sus pechos, algo se humedeció dentro de su bikini.

Se sorprendió a sí misma recostándose sobre Clay, abrió los ojos de golpe y se puso en pie. No tenía ninguna fuerza de voluntad en lo que se refería a Clayton Dean. No era justo que el único hombre en quien no podía confiar tuviera tanto poder sobre ella.

Entonces, Andrea recordó su propuesta de que lo acompañara a Miami. Se dijo que, si de veras quisiera estar con ella, le contaría la verdad. Y, hasta que ella no supiera la verdad, no podía arriesgarse a tropezar dos veces con la misma piedra. Lo que había causado que Clay se marchara hacía ocho años era como un fantasma que la acosaba en las sombras.

—Yo puedo ponerme la loción por delante —dijo ella, quitándole la loción para el sol.

Clay posó su mirada en el rostro de ella, bajando hacia sus pechos, su cintura y más abajo. El cuerpo de Andrea reaccionó como si la hubiera tocado.

–¿Seguro que no quieres que te ayude? –preguntó Clay con voz ronca.

–No.

–Si cambias de idea, dímelo.

–No cambiaré de idea –replicó ella, aunque deseaba hacerlo.

–¡He pescado algo! –gritó Tim.

Clay corrió al lado de niño para ayudarle con la caña. Con alivio, Andrea se tumbó de nuevo. No tenía ni idea de cómo iba a poder sobrevivir seis semanas más sin lanzarse a los brazos de Clayton Dean.

–Necesito un favor.

Andrea levantó la vista del informe que estaba leyendo. Juliana Alden, una de sus mejores amigas y compañera de subasta, estaba en la puerta de su despacho.

–Claro. Dime.

–Rex se niega a verme –dijo Juliana tras cerrar la puerta–. Sé que suena infantil, pero es muy, muy importante. Necesito que vayas a su bar y compruebes si él está allí. Te esperaré fuera. Si lo ves, llámame a mi móvil y yo entraré antes de que él pueda esconderse de nuevo.

Juliana, consultora de un banco, había comprado al «chico malo» de Nashville con la esperanza de aprender a divertirse pero, por la expresión de estrés que mostraba, no parecía estar divirtiéndose mucho.

–Parece fácil. ¿Estás bien? Estás pálida.

–Sí. No. No lo sé –respondió Juliana–. No puedo

hablarte de ello todavía. Pronto lo haré, ¿de acuerdo?

Andrea necesitaba, más que nunca, hablar con sus amigas.

—¿Y Clay y tú? –preguntó Juliana, como si le hubiera leído el pensamiento.

—Dormí con él –confesó Andrea, sin saber por dónde empezar–. Fue… increíble. Pero no puedo arriesgarme a amarlo de nuevo porque él sólo habla de volver a Miami. Incluso me pidió que me fuera con él.

—¿Estarías dispuesta a irte con él? –inquirió Juliana, arqueando las cejas.

—Claro que no. Todo lo que me importa, mis amigas, mi familia, mi trabajo, está aquí en Wilmington. Y no puedo dejar a Joseph en un momento como éste. Además, Clay no lo dice en serio. Sólo quiere llevarme otra vez a la cama.

—Y tú también quieres.

—Bueno… sí. Pero él se va a ir –repitió Andrea–. Otra vez.

—¿No fuiste tú quien me aconsejó comprar un soltero sólo para disfrutar de tener buen sexo?

—Sí –admitió Andrea–. Pero fue porque estás a punto de comprometerte con un soso. Con él nunca tendrás buen sexo, así que es mejor que conozcas lo que es antes de renunciar a ello.

—¿Y no eres tú quien dijo que las mujeres deberían ser como los hombres y aprender a mantener separados el sexo y el amor? –continuó Juliana–. ¿No fuiste tú quien dijo que no había razón para limitarse a los orgasmos autoinducidos cuando había hombres muy capaces ahí fuera?

–Quizá yo dije eso pero…

–Nada de peros –le espetó Juliana–. Practica tus creencias y duerme con Clay mientras tengas la oportunidad. Sólo sexo, del bueno. Pero temporal. Como unas vacaciones de sexo.

–¿Por qué has cambiado tanto? –preguntó Andrea a su amiga, frunciendo el ceño–. ¿Qué has hecho con mi conservadora amiga? ¿Es que el sexo con Rex es tan bueno?

–Tu conservadora amiga está empezando a abrirse un poco y, sí, hacer el amor con Rex es mejor que cualquier fantasía que yo pudiera haber imaginado. Nunca volveré a ser feliz con menos –afirmó Juliana–. Bueno… ¿puedes escaparte ahora? Tengo que hablar con Rex.

–Iré a por mis llaves.

–¿Qué está pasando? –preguntó Andrea al ver a Clay en el pasillo, con una carretilla elevadora llena de cajas.

–Voy a mudar mis cosas al despacho de mi padre –repuso Clay.

Clay odiaba trabajar en el despacho de su padre, pero pensó que era una mejor manera de ganarse a Andrea que estando en el muelle.

–¿Puedo hablar contigo cuando tengas un momento? –preguntó Andrea.

–Ahora puedo.

Clay la siguió a su despacho. Ella cerró la puerta.

–He cambiado de opinión respecto a la cena.

–¿Por qué? –preguntó él, sorprendido.

–¿Es necesario tener una razón?

–Andrea, tú siempre tienes una razón, si no una lista completa de razones.

–Sí. Bueno –dijo ella, sonrojada–. Me gusta terminar lo que empiezo. Te compré en la subasta y seguiré con mi paquete de citas hasta el final.

–Reservaré mesa en el restaurante –dijo él, pensando que tenía que aprovechar la oportunidad.

–Pero quiero pedirte algo. Me gustaría que lo que pase entre nosotros no llegue a oídos de los empleados ni de Octavia Jenkins. Mi vida personal es estrictamente personal.

Clay se sintió culpable. Cuando había dejado a Andrea, su relación había sido la comidilla de todos en Yates Dean. Pero Andrea ya no tendría que soportar los desagradables cotilleos, porque pensaba llevársela a Miami.

–De acuerdo. Será algo privado. ¿Cuándo quieres que salgamos?

–Cuanto antes, mejor.

–¿Esta noche? –preguntó él, sorprendido.

–De acuerdo –respondió ella, y lo miró a los ojos–. Y prepara tus cosas para pasar la noche fuera.

Clay se quedó boquiabierto, su sangre se calentó. No sabía a qué estaba jugando Andrea, pero no tenía ninguna intención de discutir, pues estaba de acuerdo del todo en pasar la noche con ella.

–Sí, señora.

Unas vacaciones de sexo, se dijo Andrea. Era la cosa más loca que había hecho nunca. Tener puro sexo, nada más. Ella sabía que una mujer podía irse a la cama con un hombre sin esperar campanas de boda, pero nunca había intentado tener una aventura sin significado. Hasta ese momento.

Andrea se puso la mano en el pecho, tomó aliento y abrió la puerta de su casa. Clay estaba allí, con una pequeña bolsa de viaje al hombro y dos bolsas de la compra en las manos. Estaba muy guapo, con una camisa blanca y pantalones negros. Y olía de maravilla, a limpio, con un toque de lima.

–¿Qué es todo eso? –preguntó ella, señalando las bolsas.

–Nuestra cena.

–¿No vamos a ir a Devil's Shoals?

–Pensé que podríamos pasar la noche en casa –replicó él con una seductora sonrisa.

–Pues espero que hayas comprado bastante comida porque no tengo nada en la cocina.

–Tengo comida… y más cosas –afirmó él–. Estás muy hermosa y muy sensual, señorita Montgomery.

–En-entra –invitó ella, sonrojada y excitada por cómo la miraba.

–La cocina está por aquí. Deja que te ayude a sacar las cosas.

–No.

–¿Cómo?

–Yo haré todo. Tú ve al sofá y relájate –dijo él, y la llevó hasta el salón–. Siéntate. Te traeré un vaso de vino.

Andrea se sentó. El sofá estaba de espaldas a la puerta. Oyó el sonido de una tela detrás de ella y sintió algo sobre los ojos. ¿Una venda?

–Espera un momento –dijo ella, y se llevó las manos a la tela que le tapaba los ojos.

–Confía en mí –susurró él.

Nerviosa, Andrea bajó las manos. Aquella noche debía concentrarse sólo en el placer físico. Y, si Clay quería practicar juegos sexuales, ella le seguiría el juego. Él le anudó el antifaz detrás de la cabeza.

–Es una locura –dijo ella.

–Confía en mí –repitió Clay, y le recorrió el lóbulo de la oreja con la lengua.

El problema era que no confiaba en él. No del todo. Sabía que no la lastimaría físicamente, pero no podía confiarle su corazón. Sin embargo, esa noche su corazón no tendría nada que ver, se recordó a sí misma. Lo había puesto a buen recaudo, ¿o no?

Nada de amor. Sólo sexo. Si se lo repetía lo suficiente, acabaría siendo convenciéndose, se dijo ella.

Entonces, Clay comenzó a besarle el cuello y Andrea perdió su capacidad de pensar. Con la punta de los dedos, él le acarició los hombros, las clavículas y el borde del escote del vestido. A ella se le tensaron los pezones, pero Clay apartó las manos, dejándola con un hambre insatisfecha.

Andrea oyó las pisadas de Clay hacia la cocina. Oyó cómo abría y cerraba armarios y cómo descorchaba una botella. Oyó acercarse las pisadas y se le aceleró el pulso. El borde de un vaso tocó sus labios. Ella bebió con cautela. Era un chardonnay frío, del bueno. Clay le tomó la mano y le colocó en ella el vaso. Luego, regresó a la cocina.

Andrea bebió vino mientras escuchaba los sonidos poco familiares de un hombre en su cocina.

A continuación, Clay se reunió con ella y sentó a su lado. Andrea inspiró pero, antes de que pudiera identificar los tentadores aromas que la rodeaban, algo templado y húmedo le rozó el labio. Sacó la lengua para probarlo. ¿Sería mantequilla?

–Abre.

Andrea obedeció y Clay le dio un pedacito. Ella sólo tardó dos segundos en identificar su comida favorita, langosta con mantequilla. El siguiente bocado era de judías verdes chinas, sazonadas con salsa de soja y jengibre, seguido de una cucharada de arroz con pasas y almendras. Clay había recordado cuáles eran sus platos favoritos.

Bocado tras bocado, Clay acrecentó en ella otro tipo de apetito, al sentirlo tan cerca, con sus muslos rozándose y los dedos de él tocándole de vez en cuando el labio.

Cuando Clay la dejó de nuevo, Andrea se acomodó en el sofá y apretó los muslos. ¿Cómo podía dejarse seducir por aquel juego de niños? Era ridículo lo fácilmente que él la manipulaba. Si tuviera dos dedos de frente, se quitaría el antifaz y…

Andrea notó que Clay volvía a sentarse a su lado y el pulso volvió a acelerársele. Algo frío tocó sus labios. Abrió la boca. Un pedazo de helado de vainilla, rico, cremoso y delicioso, se derritió en su lengua. Pero, tras un par de cucharadas más, levantó la mano.

—Ya no puedo comer más.

Clay dejó el plato en la mesita y sus labios se apoderaron de los de ella, con un beso caliente en contraste con el postre frío. Andrea apretó los puños, forzándose a no rodearlo con sus brazos. El deseo le nubló la razón. Sólo sexo, se recordó ella.

—Enseguida vuelvo —dijo Clay, tras apartar su boca.

Andrea lo oyó moverse en la cocina. Lo oyó sacar algo de una bolsa y subir las escaleras. ¿Qué estaba haciendo? ¿Y por qué no se sentía molesta por tenerlo andando a sus anchas por su casa?

Confiar en él, se dijo ella. Y se dio cuenta de que confiaba en él de un modo en que nunca había confiado en ningún hombre.

Después de cinco minutos que duraron una eternidad, Clay se acercó, la tomó de las manos y la puso en pie.

La llevó escaleras arriba y Andrea percibió el sonido de agua corriendo. En el baño, inhaló una mezcla de especias y flores. No eran su perfume ni sus sales de baño. Clay la soltó para cerrar el grifo. Luego, le acarició la espalda, los hombros y los brazos. Se acercó a ella por detrás y le rozó con su erección. Ella gimió, llena de deseo.

Clay le bajó la cremallera del vestido. Ella tembló al sentir el aire en la espalda. Clay le quitó los tirantes y le dio la mano mientras ella sacaba los pies del vestido, dejándolo en el suelo.

Andrea enderezó la espalda. ¿Qué pensaría él de su ropa interior minúscula y negra? El gemido que Clay emitió le sirvió de respuesta.

–Eres ahora todavía más hermosa que hace ocho años.

El recuerdo de otros tiempos hizo que Andrea se sintiera un poco incómoda, pero luchó para ocultarlo. Se recordó a sí misma que debía seguir con el juego de seducción.

Andrea sintió el roce de la camisa de él mientras se agachaba y el contacto de sus dedos alrededor del tobillo. Le quitó un zapato y luego el otro. Le recorrió las piernas con los dedos, levantándose. Volvió a colocarse tras ella y le puso las palmas de las manos sobre el vientre, apretándola de nuevo contra su erección. Andrea se movió hacia él e imaginó cómo Clay los estaría viendo, reflejados en el gran espejo del baño. ¿La acompañaría él en la bañera?

El deseo la poseyó con una fuerza avasalladora. Nunca había estado tan excitada en toda su vida. Sintió ganas de tomarle la mano y llevársela entre las piernas para mostrárselo.

La cadencia de la respiración de Clay se aceleró y se hizo más profunda. Introdujo los dedos por el borde de la ropa interior de ella. Andrea se contrajo y tomó aliento. Él le desabrochó el sujetador y tomó ambos pechos en las manos. Ella se recostó en él, saboreando sus caricias y sintiendo cómo el corazón de su amante también se aceleraba. Levantó la mano para acariciarle la cara y se encontró con una piel suave y recién afeitada.

Clay le acarició los pezones con los pulgares, haciéndole gemir. Luego, le quitó el sujetador de los hombros, le besó la nuca y fue bajando vértebra a vértebra, hasta llegar a sus braguitas y las bajó por las piernas de ella. Andrea sacó los pies del pedazo de tela y se quedó esperando, temblando al pensar en cuál sería el próximo movimiento de su amante.

—Entra en el agua —ordenó él, tras llevarla hasta la bañera.

No la soltó hasta que Andrea se hubo sumergido en el agua caliente. Comenzaron a funcionar las burbujas del hidromasaje. Pero ella no quería burbujas. Quería a Clay.

—Volveré dentro de diez minutos. Relájate —dijo él, la besó con intensidad y le puso el vaso de vino entre los dedos—. Déjate el antifaz y no te muevas. No quiero que te hagas daño.

Entonces, Clay se retiró. Andrea se incorporó un poco y se levantó una esquina del antifaz. El baño estaba iluminado por una docena de velas, cada una en un plato de plata. Clay debía de haberlas traído. El romántico gesto le llegó al corazón.

Andrea se dijo que no debía enamorarse de él de nuevo. Lo más probable era que toda aquella demostración no fuera más que algo que Clay había aprendido a hacer con más de una docena de mujeres después de haberla dejado a ella.

Se recostó en la bañera e intentó recordar todo el dolor y la confusión que había sentido cuando él se había ido, pero ya no podía recordarlo con tanta nitidez como antes.

Se colocó de nuevo el antifaz y dejó el vaso de vino a un lado. Si Clay pretendía seducirla, lo estaba haciendo muy bien, ¿pero por qué se molestaba él en hacerlo cuando ya sabía por anticipado que iban a terminar en la cama?

Andrea sintió un soplo de aire en los hombros y las burbujas se apagaron. Clay había vuelto. Se le aceleró el pulso. ¿Qué sucedería a continuación? ¿Qué habría él planeado?

Capítulo Diez

Clay quería tener la situación bajo control, pero estaba perdiendo el dominio como un adolescente.

Durante toda la tarde, había estado planeado bañar a Andrea, meterse en el baño con ella, colocarla sobre su regazo y detenerse enjabonando cada milímetro de su deliciosa piel. Pero, nada más desnudarla, se había dado cuenta de que no iba a poder hacerlo sin tener un orgasmo prematuro, por eso se había retirado. Se había ido a la cocina y había lavado los platos, tranquilizando su libido. Sin embargo, al entrar de nuevo en el baño, volvió a sentirse demasiado excitado.

Aquella noche quería dedicársela a Andrea, a demostrarle lo felices que podían ser y a recuperar su confianza. Pero estaba a punto de explotar de deseo. Reparó en el antifaz de ella.

—Has hecho trampas —observó él.

—Yo… —comenzó a decir ella, mordiéndose el labio.

—No lo niegues. El antifaz tiene una huella de tu dedo mojado —añadió él, y le acarició la cara.

—Levántate.

Andrea se levantó. El agua cayó en cascadas por su piel. Gotas colgaban de sus pezones erectos. Clay apretó los dientes, mientras el deseo pujaba por tomar el control. Estuvo a punto de echar una toalla al suelo y tomar a Andrea allí mismo, pero recordó que tenía preparados en la habitación un montón de pétalos de rosa y una loción de menta para masajear los pies.

—¿A cuántas mujeres más has mimado de esta manera?

Tomado por sorpresa con la pregunta, Clay se detuvo. Había tenido otras amantes, pero habían sido relaciones sólo sexuales. Nunca había intentado conocer a otra mujer en profundidad, como quería entrar en Andrea, no sólo en su cuerpo, también en su corazón.

—A ninguna. No merecían que hiciera el esfuerzo.

Clay la tomó del brazo y la ayudó a salir del baño. La rodeó con una toalla. Ella se acercó, mojándole la camisa con los pechos. Lo atrajo hacia sí para besarlo. Él se rindió. No podía controlar lo que tanto deseaba. Abrió la boca y ella lo devoró con su lengua, poniéndose de puntillas, rozando su pelvis con la de él.

Clay rugió de placer y apenas recordó que se suponía que tenía que secarla. Pero dejó caer la toalla y la acarició con las manos. Amaba su contacto, su figura, su sabor. La amaba a ella.

Andrea le recorrió la espalda con las uñas y, cuando le apretó el trasero, Clay supo que estaba perdido. La soltó y trató de desabotonarse la camisa con dedos torpes.

Andrea lo ayudó, abriéndole la camisa y posando los dedos en su pecho. Luego, el cinturón y la cremallera del pantalón. Cuando ella le tocó dentro de los pantalones, a él le temblaron las rodillas y se sentó en el borde de la bañera, con la cabeza justo frente a los pechos de ella.

—Qué bonita vista —murmuró él antes de posar su boca sobre uno de los pechos.

Andrea le acarició el pelo mientras él lamía, besaba, chupaba.

Él le acarició la cintura, las caderas y llegó hasta sus rizos húmedos. Andrea gimió. Al descubrir lo caliente y lo mojada que estaba ella, el deseo de Clay se hizo casi insoportable, pero intentó controlarse y la acarició.

Andrea cambió de postura, abriéndose, acercando las caderas hacia los dedos de él. Le temblaban las piernas. Clay supo que ella estaba cerca de llegar al clímax, por el rubor de sus mejillas y su respiración entrecortada. Entonces, Andrea se estremeció en su mano, contra sus labios. Clay la tomó en sus brazos y la llevó a la cama. La dejó en el centro del colchón.

—¿Qué es esto? —preguntó ella, extendiendo las manos sobre las sábanas.

Clay agarró el preservativo. El masaje de pies tendría que esperar.

—Pétalos de rosa —respondió él, y tomó un puñado de pétalos para esparcirlos sobre su amante.

Él se puso el preservativo, se colocó sobre ella y le levantó las piernas, colocándolas encima de sus hombros. Encontró su centro húmedo y la penetró. Ella gritó de placer. Clay inhaló el aroma a rosas. Entró en ella un poco más, con más fuerza, más deprisa, más profundo. Se enterró entre sus caderas y, cuando Andrea gritó mientras otro orgasmo la estremecía, él también llegó al clímax.

El orgasmo de Clay le dejó sin respiración, le lanzó al espacio con la cabeza dando vueltas. Rugió y gimió y aterrizó en los brazos de Andrea.

Ella le acarició el pelo, la cara. Se quitó el antifaz y sonrió.

–La próxima vez, tú te pones el antifaz.

Maldición, la amaba, se dijo Clay. Había creído que era imposible amarla más que antes, pero así era. Andrea era una mujer más fuerte y más segura y más generosa de lo que había sido cuando la dejó. Eso hacía que fuera más fácil aún amarla. Y más peligroso.

Había sido difícil dejarla la última vez y Clay sabía con absoluta certeza que no sería capaz de volver a dejarla. Haría cualquier cosa para que Andrea permaneciera en su vida, incluso una tregua con su padre.

Lo deseaba más que antes, admitió Andrea mientras Clay estaba en el baño y ella miraba al techo, tumbada en la cama por la mañana. Estaba pisando arenas movedizas.

Era más que el sexo. Clay la escuchaba, como si sus palabras fueran muy importantes. Y no sólo a ella, sino a todos los miembros del equipo de Yates Dean, desde el joven que barría los suelos hasta Peter, el director de producción.

El muchacho impulsivo del que se había enamorado en el instituto se había convertido en un hombre bien templado.

Su atractivo residía también en la amabilidad que había mostrado hacia Tim. Con todo el trabajo que tenía en Yates Dean y con su propia empresa, era un detalle que se hubiera tomado la molestia de cuidar a su pequeño hermano.

Además, Clay sabía cómo seducirla, pensó Andrea. Él sabía muy bien lo que hacía. Al utilizar el antifaz la noche anterior, la había colocado en la posición de tener que confiar en él. La había alimentado, la había bañado, le había hecho el amor, sin ir demasiado lejos y sin hacerle sentir incómoda. Tenía que reconocer que había sido muy efectivo. ¿Por qué no se sentía manipulada?, se preguntó.

Clay le había dicho que confiara en él. Y Andrea quería hacerlo. ¿Pero cómo podía, si no conocía la razón por la que se había marchado hacía años? ¿Qué habría pasado entre Joseph y él para que ninguno de los dos hombres quisiera hablar de ello? ¿Qué podía hacer ella para que Clay lo confesara?

Andrea volvió la cabeza y miró el reloj. Sólo tenía unos minutos más antes de prepararse para ir al trabajo. No tenía tiempo de atar a Clay a la cama y sacarle las respuestas que buscaba.

–Estás despierta –dijo Clay al abrir la puerta del baño.

Clay se había duchado, se había afeitado y se había vestido con pantalones negros y una camisa azul. El olor de su colonia la envolvió. Tenía un aspecto muy apetitoso y Andrea deseó llevarlo con ella a la cama de nuevo, pero habían quedado con unos clientes esa mañana. Y ella tenía que intentar controlar los suaves y cálidos sentimientos que bullían en su interior.

Era mejor no involucrarse demasiado, se dijo ella.

De pronto, Andrea se dio cuenta de que eso era lo que había estado haciendo con todas sus relaciones durante los últimos ocho años. No había querido involucrarse. En cuando había empezado a sentirse lo bastante cómoda para dar un paso más, había erigido barreras y había inventado excusas para dejar la relación antes de que pudiera salir lastimada.

Andrea sacudió la cabeza para quitarse de encima ese molesto descubrimiento y vio que Clay la estaba observando.

–Siento no haberme levantado a tiempo para ducharme contigo –dijo ella.

–Habríamos llegado tarde al trabajo –señaló él, con ojos llenos de pasión–. Dejémoslo para esta noche.

–No puedo. He quedado con las chicas.

–¿Crees que podrás convencer a mi madre para que os acompañe si yo me quedo con mi padre? –se ofreció Clay.

–Sí. Seguro –afirmó Andrea, anonada por el súbito cambio de opinión de Clay. Si los dos hombres pasaban tiempo juntos, podrían arreglar sus diferencias, pensó.

–Luego puedo venir a tu casa y pasar aquí el fin de semana –dijo él, señalando hacia la cama–. Contigo.

A Andrea se le quedó la boca seca. Se le aceleró el corazón. Se dijo que era peligroso, que debía emprender la retirada. Pero no podía. No, hasta que tuviera las respuestas que buscaba.

–Suena prometedor –dijo ella.

Clay se acercó a ella, se inclinó y la besó, dejándola sin aliento.

–Te veré en el trabajo –dijo él, agarró su bolsa de viaje y se fue.

Andrea apretó las manos y esperó a que su pulso se calmara. ¿Sería capaz de pasar con él todo el fin de semana sin perder el corazón? Otras mujeres tenían aventuras que no iban a ninguna parte. ¿Por qué ella iba a ser menos?

Apartó las sábanas y se levantó. Se prometió que, cuando Clay se fuera de Wilmington en esa ocasión, no habría corazones rotos, ni promesas incumplidas, ni arrepentimientos. Sólo estaría agradecida por los recuerdos. Eso sería todo. Un bonito recuerdo.

Se dirigió a la ducha, moviendo la cabeza. No había quién se tragara lo que acababa de decirse a sí misma, pensó.

–Gracias por venir, cariño. Te prometo que no llegaré tarde –dijo la madre de Clay.

–Tómate tu tiempo, mamá –repuso Clay, y la besó en la mejilla–. Disfruta de vuestra salida.

–Pero Dora tiene la noche libre y... –comenzó a decir su madre, como si estuviera arrepintiéndose de dejarlos solos.

–Tengo tu número de móvil por si te necesito. Ve. Diviértete.

Andrea había tenido un efecto mágico sobre él, se dijo Clay, que había llamado a su madre y la había convencido para que saliera un poco.

Al recordar las últimas veinticuatro horas, el corazón de Clay se incendió. En medio de la noche, Andrea había cumplido con su promesa de vendarle los ojos y lo había vuelto loco. No hacía falta decir que no habían dormido nada y él estaba decidido a hacer lo mismo en las dos noches siguientes. Se metió las manos en los bolsillos y se colocó su repentina erección. Tenía que dejar de pensar en Andrea si no quería que su padre lo viera así.

Clay esperó a que su madre se fuera con el coche antes de reunirse con su padre en el salón. Tenía preguntas en la cabeza pero, de manera sorprendente, ya no sentía la rabia que había sentido antes.

–¿Póquer? –preguntó Clay tras agarrar las cartas de la mesa.

–Nada de juegos –respondió Joseph–. Tenemos que hablar sobre lo que pasó hace ocho años.

Joseph pronunció despacio cada palabra y Clay recordó lo que Andrea le había contado sobre su dificultad para el habla después del infarto. Entonces, cayó en la cuenta de forma repentina. Podía haber perdido a su padre.

Clay sintió un gran vacío en su interior. Se sentó

en una silla junto a su padre. Odiaba hablar sobre el pasado, pero peor hubiera sido perder a su padre sin tener la posibilidad de entender lo que había pasado hacía ocho años.

–Sólo dime por qué –pidió Clay.

–No tengo ninguna buena excusa –replicó su padre, y tragó saliva. Apartó la mirada.

Clay pensó que debían haber tenido esa conversación hacía ocho años pero, entonces, él había sido demasiado impulsivo y había estado demasiado asustado como para escuchar. Había temido conocer las respuestas. Había temido descubrir que él también fuera un bastardo egoísta, como su padre.

–Tu madre y yo teníamos problemas. El negocio iba mal y yo trabajaba demasiadas horas y no pasaba tiempo con ella. Ella empezó a hacer su vida. Salía tres mañanas a la semana pero nunca quería contármelo.

El corazón de Clay latió a toda velocidad. Durante ocho años, había culpado sólo a su padre. Nunca había considerado que podía haber otra versión de la historia o que el matrimonio perfecto de sus padres podía haber hecho aguas antes de la infidelidad de su padre. En aquellos tiempos, al vivir fuera durante cinco años, en la universidad, había perdido el contacto con su vida familiar.

–Pensé que tu madre tenía una aventura. Y que no me quería. No pude culparla. Me había portado como un idiota. Sentí mi orgullo herido y fui demasiado lejos… –explicó Joseph, y se interrumpió, con lágrimas en los ojos.

Clay esperó, con un nudo en la garganta, a que su padre recuperara la compostura. Siempre había querido conocer la verdad pero, en ese momento, se arrepintió. ¿Qué más daba? No cambiaría nada, pensó, y le pasó a su padre un pañuelo.

Joseph se enjugó las lágrimas.

–Patricia estaba dando clases de pintura sobre cristal con esa amiga de Andrea, la de Prescott. ¿Cómo se llama?

–Holly –repuso Clay.

–Sí. Holly. Patricia estaba haciendo un regalo. Para mí. Y no había querido contármelo para darme una sorpresa.

Clay no había esperado oír eso. Nunca podría justificar lo que Elaine y su padre habían hecho pero, al oír el otro lado de la historia, estaba empezando a comprender que, a veces, las personas pueden hacer malas elecciones.

–¿El paisaje marino que hay colgado en tu despacho lo hizo mamá?

–Así es. Lo hizo para darme una sorpresa.

–Es muy bonito. Lo traeré a casa. Puedes colgarlo aquí –dijo Clay y, tras un momento de titubeo, preguntó–: ¿Y qué pasa con Tim?

Su padre respiró hondo, con los ojos llenos de arrepentimiento.

–Es un buen chico.

–Es tu hijo. Tienes que reconocerlo.

–No estaba seguro –repuso Joseph, llorando de nuevo–. Sospechaba que podía serlo. Se parece un poco a mí.

—Lo conocí en casa de Andrea. Creí que era hijo mío.

—No, hijo. Andrea nunca te ocultaría algo así.

—Se parece a mí y tiene la edad para ser mi hijo.

—Sólo se parece un poco a ti –señaló su padre, negando con la cabeza–. Los ojos. Quizá, la nariz. El resto es de Elaine. Viste sólo lo que querías ver.

Clay frunció el ceño. ¿Tan desesperado había estado por encontrar algo que lo atara a Andrea?

—¿Qué harás respecto a él?

—Nada. Si lo reconozco como mi hijo, haré daño a demasiadas personas. Harrison es bueno con él. Quiere al niño y Tim adora a su papá. No destrozaré eso.

—¿Lo sabe mamá?

—No creo. Espero que no. Sabe que tuve una aventura, pero no cuándo. Lo de la aventura la lastimó mucho. Saber que Tim era mío, cuando ella no podía tener más hijos, la haría demasiado daño. Cuando tú naciste, tu madre tuvo un problema. Casi muere en el parto. Le quitaron el útero. Pero yo tampoco quería más hijos.

—No lo sabía.

—Tu madre siente mucho complejo y prefiere no hablar de ello –explicó Joseph, y posó la mano sobre la de su hijo–. Me equivoqué, Clay. Hice mal en engañarla. Hice mal al pedirte que mintieras. Hice mal al causar tu marcha del lugar al que perteneces –admitió, y le apretó la mano–. Pero tú hiciste mal al lastimar a Andrea.

—Estoy esforzándome por arreglarlo. Todavía la amo, papá. Quiero que venga a Miami conmigo.

Joseph apartó la mano.

—Ella merece ser feliz y tú también. Aquí o en Miami.

—¿Qué pasará con Yates Dean cuando yo me vaya?

Su padre miró hacia la ventana.

—No puedo volver al trabajo como antes. Los médicos me esconden la verdad pero yo lo sé. Y quiero pasar el tiempo que me queda con tu madre, no atado a una oficina. Si tú no estás interesado en el negocio, lo venderé. Es una empresa fuerte y estable. No le faltarán compradores. Una multinacional ya me ha llamado. Saben que estoy enfermo y quieren aprovecharse.

A Clay se le encogió el estómago.

—Una multinacional cerraría la oficina de Wilmington.

—Probablemente. Pero los diseños de Yates Dean seguirían existiendo. Y la marca Dean seguiría en la cima.

Clay se sintió culpable, responsable de hacer que su padre vendiera su negocio. De dejar a mil empleados sin trabajo.

Al regresar a Wilmington, Clay había querido destapar la verdad y había querido que los culpables fueran castigados. En ese momento, ya no le encontraba sentido. Su padre y la madre de Andrea habían cometido un error terrible, pero habían hecho todo lo que habían podido para solucionarlo y para proteger a los que amaban. Revelar el secreto sólo haría sufrir a los inocentes. Andrea. La madre de Clay. El padre de Andrea. Tim.

Clay se levantó y caminó hacia la ventana. Si se quedaba en Wilmington, no sólo tendría que vivir con el secreto que le había impulsado a irse, sino que nunca podría reconocer a Tim como su hermano y tendría que seguir mintiéndole a Andrea. Ella ya tenía problemas para confiar en él. ¿Y quién podía culparla? ¿Podría recuperar su confianza si no le contaba la verdad? Pero la verdad tenía que permanecer oculta.

–Clay, casi pierdo la mejor cosa de mi vida por equivocarme con mis prioridades.

–¿Mamá? –preguntó Clay, volviéndose hacia él.

–Mi familia, hijo. Tu madre y tú. No cometas el mismo error. Tienes una segunda oportunidad. Y, si Andrea te hace feliz, ve a por ella.

Joseph colocó el andador frente a la silla y se esforzó en levantarse. Clay sintió una punzada de dolor al observarlo. Se acercó para ayudar, pero su padre se negó. Paso a paso, con mucho trabajo, el viejo consiguió llegar hasta la ventana.

–No espero que me justifiques. Pero espero que un día puedas perdonarme.

–Te perdono, papá. Claro que sí –repuso Clay, y abrazó a su padre, con lágrimas en los ojos.

Medianoche. A Andrea se le terminaba el tiempo. Se había propuesto poner punto y final a su relación después del fin de semana, antes de que fuera demasiado tarde. Antes de enamorarse de él de nuevo. Antes de que él volviera a dejarla.

Bajo la luz de la luna creciente, Andrea apoyó la cabeza sobre el pecho de él y le escuchó el corazón.

Clay había llegado hacía treinta minutos. Nada más verla, la había besado con frenesí y habían hecho el amor en la alfombra de la entrada. Andrea había notado un toque de extraña desesperación en la forma en que él le había hecho el amor. Ella quería comprenderlo. Quería consolarlo, calmarlo. Y eso era peligroso, pues iba más allá del puro sexo y entraba en el territorio del cariño.

Tenía que dejar de involucrarse, se dijo.

—¿Qué ha pasado esta noche con tu padre, Clay? —preguntó ella, sin pesar. Se arrepintió de sus palabras en ese mismo instante, porque sólo conducían a sumergirse más en su relación con él.

—Nada. Todo fue bien.

—¿Nada? —preguntó ella con incredulidad.

—Hablamos. Después de cenar, jugamos a las cartas.

Incluso bajo la débil luz de la luna, Andrea supo que estaba mintiendo. Clay se negaba a mirarla.

Ella sintió una punzada de dolor y se puso tensa. Sentirse engañada le hacía mucho daño. Entonces, se dio cuenta. Había ido demasiado lejos. Se había enamorado de Clayton Dean de nuevo.

¿Qué clase de tonta se enamoraba dos veces de un hombre que no podía ser sincero con ella? Andrea cerró los ojos y bajó la cabeza, sintiéndose humillada.

Clay tomó la cara de ella entre las manos e hizo que lo mirara.

–Cásate conmigo, Andrea.

Anonadada, Andrea abrió la boca, pero no pudo articular palabra.

–Te amo. Nunca he dejado de amarte. Quiero pasar el resto de mi vida contigo.

Andrea leyó sinceridad y amor en sus ojos. Se le encogió el corazón y sintió una oleada de alegría. Pero se contuvo. Había escuchado esas palabras de los labios de él antes, pero no habían sido verdaderas. La había dejado.

–¿Cómo puedes decir eso cuando no eres capaz de ser honesto conmigo?

–Algunas cosas es mejor que queden ocultas –replicó él, apartándose un poco.

–No es el caso, Clay. Me dejaste. No sé por qué. Y si no me dices por qué, nunca podré estar segura de que no vas a dejarme de nuevo.

–No te dejaré. Lo juro.

–No necesito un juramento. Necesito la verdad.

Clay apartó la mirada. Cuando volvió a mirarla, sus ojos estaban llenos de determinación. Andrea supo que él no iba a contárselo.

–Necesito que confíes en mí respecto a esto –pidió él.

–¿Y si no puedo?

–Me ganaré tu confianza. No importa cuánto tiempo haga falta. Dame la oportunidad de demostrarte que no volveré a hacerte daño.

Andrea dudó. Su lado racional le gritaba que no confiara en él y su lado emocional le recordaba que lo amaba y que estaba deseando estar con él.

Capítulo Once

Andrea se advirtió a sí misma que no debía confiar en él sin conocer la verdad. Pero también se dijo que su miedo a involucrarse en pasadas relaciones era lo que le había impedido alcanzar la felicidad. ¿Acaso no se había propuesto romper el círculo vicioso?

Clay había bajado a la cocina para hacer café. Habían hecho el amor muy despacio hasta la salida del sol. Lo amaba. Amaba todo en él. Excepto el maldito secreto. ¿Pero qué podía perder? Ya había perdido el corazón, de todos modos.

¿Sería capaz de amarlo con todo el corazón sabiendo que él escondía algo? Andrea aún no conocía la respuesta. Además, todavía no habían hablado de dónde vivirían si, y sólo si, decidían vivir juntos. Ella no pensaba abandonar a Joseph en un momento como aquél.

La puerta se abrió. Clay entró y dejó una bandeja con el desayuno sobre la mesa. Sólo llevaba puestos sus vaqueros.

–El periódico ha llegado –dijo él–. No va a gustarte.

Andrea se encogió y alcanzó el periódico. Clay la detuvo y la tomó entre sus brazos. Cuando la besó, ella pensó que encajaban a la perfección. ¿Pero se atrevería a apostar por el futuro, sabiendo que podría caerse del caballo a medio camino?, se preguntó ella.

—Me amas, admítelo —dijo él, mirándola con ternura.

Andrea titubeó. Si le confesaba sus sentimientos, no habría marcha atrás.

—Andrea, nadie sería capaz de hacer el amor conmigo como tú lo hiciste anoche sin quererme.

—Sí. Te amo —reconoció ella, bajando la mirada.

—No lo lamentarás —dijo él, sonriendo—. Nos casaremos tan pronto como…

—Clay aún tenemos muchas cosas que hablar —le interrumpió ella, tapándole los labios con los dedos—. No quiero ni pensar en una boda hasta que Joseph se recupere.

Clay suspiró y la soltó. Caminó hasta el balcón, tenso.

—No va a volver —dijo él, sin girarse.

—¿Qué? —preguntó ella, alarmada.

—Anoche me dijo que quería retirarse y pasar el resto de sus días junto a mi madre.

—Pe-pero… ¿Qué pasará con Yates Dean?

—Planea venderlo. Dice que una corporación se ha mostrado interesada —afirmó él, y se giró—. Si la empresa se vende, ya no habrá nada que te retenga aquí y podrás venir a Miami.

—¿Y mi casa, mi familia, mis amigos?

Clay se acercó de nuevo a ella y la abrazó.

—No tenemos que tomar una decisión hoy

mismo. Desayunemos. Leamos el periódico y, luego, nos bañaremos.

Andrea se había olvidado del periódico. Lo agarró de nuevo y fue directa a la sección de Octavia.

Se rumorea que las citas han sido canceladas, pero hemos averiguado que Andrea Montgomery y Clayton Dean no pueden permanecer separados ni de día ni de noche. ¿Acabarán juntos los antiguos amantes? Pronto lo sabremos.

–Esta mujer debe de tener espías –comentó Andrea, frustrada–. Deben de estar vigilando mi casa.

–Bueno… En el baño no hay ventanas… Deja que cumpla mi fantasía. Llevo queriendo bañarme contigo desde que vi tu bañera por primera vez.

La mirada pícara de Clay hizo que Andrea entrara de nuevo en calor y se rindiera al deseo una vez más.

Clay utilizó el sexo para distraer a Andrea. Pero tenía una decisión difícil que tomar. ¿Se quedaría en Yates Dean o se iría? Andrea lo amaba. Eso era lo único que importaba, se dijo, mientras la besaba y le desataba el cinturón de la bata. Cuando se la quitó, inclinó la cabeza para besarle los pechos.

Andrea se aferró a él y le desabrochó la cremallera de los pantalones, para introducir la mano bajo sus calzoncillos y sujetar la poderosa erección de él.

A Clay le temblaron las rodillas, su sangre se incendió. Entonces, se arrodilló y encontró la parte más íntima de ella con la boca. Andrea enredó sus dedos en el pelo de él.

–Me encanta cuando me haces eso. Me están fallando las piernas –dijo ella.

Clay la tomó en sus brazos y se dirigió al baño. La sentó en el borde de la bañera, abrió el grifo y se arrodilló a sus pies. Le dio placer con las manos, los labios y la lengua, hasta que ella tuvo un orgasmo.

–Un momento –dijo él, al darse cuenta de que no tenía preservativo.

Clay corrió al dormitorio a buscar uno y, al regresar, encontró a Andrea en el agua, con una sonrisa de satisfacción. Él se colocó el preservativo y entró en la bañera. Sentó a Andrea en su regazo y la penetró. Era el paraíso.

Andrea lo rodeó con sus piernas. Él la separó y la acercó para salir y entrar en más profundidad. Una y otra vez, hasta llegar al punto de perder la razón.

Clay tuvo un orgasmo impresionante. Se quedó sin respiración, mientras Andrea se estremecía en sus brazos, llegando al clímax de nuevo. Se quedaron abrazados, con fuerza.

Amaba a esa mujer, se dijo Clay. No sólo porque el sexo con ella era increíble, sino porque ella lo daba todo. Su tiempo. Su talento. Su amor. Su corazón. Odiaba no poder decirle la verdad para que confiara en él al cien por ciento. Pero encontraría un modo de conseguirlo, pensó.

–Octavia tiene razón en su artículo, ¿sabes?

Como respuesta, Andrea le salpicó.

—¡Eh! ¿Eso por qué?

—Puede que Octavia tenga razón, pero no quiero que todo el mundo cotillee sobre mí.

Andrea se levantó para salir de la bañera y Clay, encantado ante las vistas, la siguió con la mirada. Ella agarró el bote de champú y regresó al agua.

—Yo lo quiero todo, Clay. Te quiero a ti y quiero a Yates Dean. Juntos, como un día planeamos.

—Suena tentador, tesoro, pero…

Entonces, Andrea lo salpicó de nuevo. Luego, comenzó a lavarle el pelo y, al llegar a la nuca, se detuvo.

—Tienes una marca de nacimiento. Una media luna colorada —observó ella con voz tensa.

—Sí.

—Tim tiene la misma marca, de la misma forma y el mismo color, en el mismo sitio.

Diablos. Clay se quedó sin palabras.

Andrea se esforzó en entender lo que veía. ¿Por qué iban a tener Clay y Tim la misma marca de nacimiento? ¿Coincidencia? No.

—Andrea…

Ella lo miró a los ojos y se quedó sin habla. Ése era el secreto. El horrible secreto que ella no podría soportar.

—¿Tú y mi madre? No es posible —balbuceó ella—. Dime que no es cierto.

—Diablos, claro que no. Yo nunca…

—¿Entonces? —preguntó ella, recordando todas las similitudes entre Tim y Clay.

Andrea pensó en otras posibilidades… ¿Joseph?, se preguntó. No soportaba imaginar que su madre y su mentor hubieran estado juntos… No, cielos, no.

Entonces, ella salió de la bañera, temblando. Se envolvió en una toalla.

–Andrea, escucha –dijo Claye intentó abrazarla, pero ella se lo impidió.

–Mi madre y Joseph.

–Sí.

–Tú lo sabías.

–Sí…

–¿Cómo? ¿Desde cuándo?

–Desde hace ocho años –repuso él, y tomó otra toalla.

–¿Y no me lo dijiste? –preguntó ella mientras los hechos encajaban en su cabeza como piezas de un rompecabezas–. Por eso te fuiste sin despedirte.

–Sí –afirmó él, apretando la mandíbula.

–¿Qué pasó ese día? Viniste a Yates Dean y ¿luego?

–Me los encontré –contestó él, incómodo.

–¿En la oficina? –gritó ella.

–Sí. Me asusté. Y salí corriendo.

–En la oficina –repitió ella en voz baja y se sentó en la cama–. ¿Cómo pude no darme cuenta?

Andrea se sintió furiosa y traicionada. Aquéllos a quienes había amado y en quienes había confiado, la habían mentido. Su madre, Joseph y Clay.

–Ocurrió sólo esa vez.

–¿Cómo lo sabes? –inquirió ella, nerviosa.

–He hablado con ambos.

–¿Y los crees? Han traicionado a demasiada gente. A mí. A mi padre. A tu madre.

–Los creo, pero no los justifico –señaló Clay, y la tomó de las manos, a pesar de que ella se resistía–. Por eso me fui. Me los encontré y mi mundo se vino abajo. Pensé que, tal vez, yo sería como mi padre, indigno de confianza, incapaz de ser fiel.

–Por eso te fuiste –dijo ella, comprendiendo al fin la verdad.

–Si me hubiera quedado, habría tenido que mentir, fingir que no había pasado nada. Y no habría podido.

–Debiste haber confiado en mí, Clay. Debiste habérmelo dicho.

–No. Tú estabas muy unida a tu madre y no quise destruir tu confianza en ella.

–Debiste habérmelo dicho –repitió Andrea–. Hubiera sido mejor que pensar que no me amabas. Ahora es demasiado tarde.

–No es demasiado tarde. Empezaremos de cero. Ahora mismo.

–¿E ignorar el terrible secreto? Vete, por favor, necesito tiempo.

–Piensa en Tim, Andrea –dijo Clay, posando sus cálidas manos en los hombros de ella–. Si el secreto sale a la luz, su mundo se hará pedazos. ¿Lo seguiría amando tu padre si supiera que no es hijo suyo? Sé que estás enfadada y te sientes traicionada. A mí me pasó lo mismo. Pero también está Tim. Tu hermano y el mío.

–Para. No quiero oír nada más. Vete, por favor –pidió ella, tapándose los oídos.

–No hemos terminado –dijo él, besándole los puños apretados.

–No sé cómo vamos a poder seguir con esto.

–Encontraremos el modo –dijo Clay, y se vistió–. Te quiero, Andrea. Nunca he dejado de amarte y nunca lo haré –afirmó, y se marchó.

Lo único que Andrea sabía seguro era que entendía a Clay por haber huido, pues ella tenía ganas de hacer lo mismo.

Clay no había podido dormir nada desde que se había separado de Andrea. Por eso, oyó que alguien subía a su barco a las cinco de la mañana.

Tenía que ser Andrea, se dijo aliviado. Sólo ella iría a verlo a esas horas. Saltó de la cama y subió las escaleras para abrir la puerta, a toda prisa.

Andrea entró en silencio, con una maleta. Tenía ojeras y un aspecto terrible. Clay entendía por lo que ella estaba pasando, pues él había vivido lo mismo.

–Me pediste que me fuera contigo a Miami. Vámonos, pues. Ahora mismo, hoy. Venderé mi casa y...

–Espera –dijo él, y posó las manos en sus hombros. Al fin, había llegado a una conclusión–. No podemos irnos.

–¿Qué quieres decir? –preguntó ella, mirándolo como si estuviera loco.

–Si nos vamos, mataremos el sueño de mi abuelo.

–¿Y qué más da? No es tu sueño.

–Solía serlo. Podría serlo de nuevo.

–Nuestros padres mintieron, Clay. ¿Cómo vamos a poder confiar en ellos de nuevo?

–He estado ocho años huyendo y he aprendido la lección. No quiero huir más. Esto es mi vida –dijo él, señalando a su alrededor–. Mi futuro. Nuestro futuro. Mucha gente cuenta con nosotros.

–¿Cómo perdonar? ¿Cómo olvidar lo que nos han hecho?

–Cometieron un error. Un error terrible. Pero han hecho todo lo posible para arreglarlo.

–Los estás justificando –acusó ella.

–Nunca. Pero he hablado con ambos y ahora entiendo lo que pasó.

–Pues yo no.

–Tu madre había estado enamorada de mi padre.

–¿Qué? –preguntó ella, atónita.

–Nunca nos lo habían contado, ¿verdad? Pues Elaine estuvo saliendo con tu padre antes de que llegara mi madre. Él fue su primer amor. ¿Y sabes qué me dijo? Que nunca se olvida al primer amor. Y tiene razón, Andrea. Nunca podría olvidarte.

–Eso no justifica lo que hicieron –observó ella, sin contener las lágrimas. Su cuerpo temblaba.

Clay la llevó al sofá y la abrazó. Clay le explicó con detalles lo que su padre y la madre de ella le habían contado. Le habló de las circunstancias en que había ocurrido.

–Cometieron un error, Andrea. Pero no lo han

repetido y ambos lo lamentan. Mintieron, sí, pero lo hicieron para proteger a los que aman. A tu padre, a mi padre, a ti, a Tim.

—Por eso no me lo dijiste. Para protegerme...

—Sí. Pero no me fui sólo por su culpa. También me fui porque dudaba de mi propia capacidad para ser fiel.

—¿Y sigues dudando?

—No. No temo seguir los pasos de mi padre. Te quiero desde hace catorce años, Andrea. Y eso nunca cambiará.

—¿Y no te preocupa que yo pueda serte infiel igual que hizo mi madre?

—No, tesoro —dijo él, y la besó en la sien—. Puedes gritarme o salpicarme, pero nunca me harías daño.

—Siempre pensé que te habías ido porque no me amabas lo suficiente —dijo ella, acariciándolo—. Pero te fuiste porque me amabas demasiado.

Clay cerró los ojos, agradecido en silencio porque ella, al fin, lo comprendiera.

—Te amo —dijo ella, con lágrimas en los ojos—. ¿Y ahora qué?

—Tenemos que guardar el secreto. Para proteger a Tim, a tu padre y a mi madre —señaló Clay—. Y si quieres hablar con ellos y escuchar su versión de la historia, puedo acompañarte.

—No —repuso ella, mordiéndose el labio—. Todavía, no. Necesito tiempo. Prefiero que ellos no sepan por ahora que conozco su secreto.

—Trato hecho —dijo él, y le acarició la espalda—. Con una condición.

–¿Cuál?

–Cásate conmigo. Deja que pase el resto de mis días amándote y ganándome tu confianza.

–Sí, Clay –afirmó ella, sonriendo–. Mi corazón es tuyo. Pero tengo una condición.

–Dímela.

–No más secretos entre nosotros. Nunca más.

–Trato hecho –dijo él. Había aprendido cómo las mentiras podían destruir lo mejor de la vida.

–Entonces, sí, me casaré contigo.

–No lo lamentarás, tesoro. Mantendré mi promesa toda la vida.

En el Deseo titulado
Amor en subasta, de Emilie Rose,
podrás continuar la serie
SOLTEROS EN VENTA

Deseo™

Víctima de su engaño

Sara Orwig

Aquel despiadado multimillonario de Texas era su mayor rival en el mundo profesional, y Abby Taylor era consciente de que debería odiar todo lo relacionado con él. Pero por mucho que intentara olvidarlo, Nick Colton seguía protagonizando sus sueños más íntimos.

Abby sospechaba que su sensual seducción tenía un lado oscuro, pero se sentía incapaz de controlar sus deseos cuando lo tenía cerca. Y su temor era que, cuando la traición de Nick llegara, la hiciera añicos para siempre.

Entre el deseo y las mentiras

Acepte 2 de nuestras mejores novelas de amor GRATIS

¡Y reciba un regalo sorpresa!

Oferta especial de tiempo limitado

Rellene el cupón y envíelo a
Harlequin Reader Service®
3010 Walden Ave.
P.O. Box 1867
Buffalo, N.Y. 14240-1867

¡Sí! Por favor, envíenme 2 novelas de amor de Harlequin (1 Bianca® y 1 Deseo®) gratis, más el regalo sorpresa. Luego remítanme 4 novelas nuevas todos los meses, las cuales recibiré mucho antes de que aparezcan en librerías, y factúrenme al bajo precio de $3,24 cada una, más $0,25 por envío e impuesto de ventas, si corresponde*. Este es el precio total, y es un ahorro de casi el 20% sobre el precio de portada. !Una oferta excelente! Entiendo que el hecho de aceptar estos libros y el regalo no me obliga en forma alguna a la compra de libros adicionales. Y también que puedo devolver cualquier envío y cancelar en cualquier momento. Aún si decido no comprar ningún otro libro de Harlequin, los 2 libros gratis y el regalo sorpresa son míos para siempre.

416 LBN DU7N

Nombre y apellido	(Por favor, letra de molde)

Dirección	Apartamento No.

Ciudad	Estado	Zona postal

Esta oferta se limita a un pedido por hogar y no está disponible para los subscriptores actuales de Deseo® y Bianca®.
*Los términos y precios quedan sujetos a cambios sin aviso previo.
Impuestos de ventas aplican en N.Y.

SPN-03 ©2003 Harlequin Enterprises Limited

Julia™

Para Lily Tanner los hombres atractivos eran como los dulces: deliciosos, irresistibles y peligrosamente adictivos. Como Nick Malone, su nuevo vecino, toda una tentación para chuparse los dedos...

Sin embargo, después de un matrimonio horrible, Lily no quería saber nada más de los hombres. Aunque no le quedó más remedio que ayudar a Nick cuando éste se vio acosado por todas las mujeres del vecindario. El plan de Nick era muy simple: hacerse pasar por su pareja para contener a sus admiradoras. Pero sus métodos, a base de íntimas y profusas caricias, estaban causando estragos en la férrea determinación de Lily.

HARLEQUIN

Julia

Caricias muy íntimas
Teresa Hill

Caricias muy íntimas

Teresa Hill

Después de probar un bocado de Nick Malone ya no podía parar

Bianca™

¡No estaba dispuesta a ser una esposa comprada!

Allegra Avesti nunca se imaginó que su prometido, el atractivo hombre de negocios Stefano Capozzi, la veía como a cualquier otro objeto que podía comprar. Cuando descubrió la verdad, huyó. ¿Cómo iba a compartir su vida con un hombre que había acordado los términos de su matrimonio en una mesa de negocios en lugar de en un dormitorio?

Años más tarde, Stefano necesitó a Allegra y decidió conseguirla. Pero ella ya no era la niña inocente que conoció. No obstante, él siempre conseguía lo que quería, y estaba decidido a que volviera a Italia con él, aunque tuviera que seducirla de nuevo.

De la ira al amor

Kate Hewitt